Carole Mortimer

Una noche en palacio

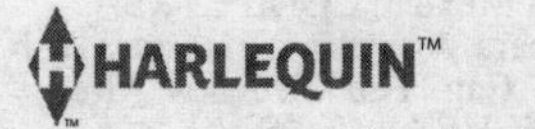

Editado por HARLEQUIN IBÉRICA, S.A.
Núñez de Balboa, 56
28001 Madrid

Una noche en palacio, n.º 2351 - 3.12.14
Título original: A Night in the Palace
Publicada originalmente por Mills & Boon®, Ltd., Londres.

I.S.B.N.: 978-84-687-4751-4
Depósito legal: M-24150-2014
Editor responsable: Luis Pugni
Impresión en CPI (Barcelona)
Fecha impresion para Argentina: 1.6.15
Distribuidor exclusivo para España: LOGISTA
Distribuidor para México: CODIPLYRSA
Distribuidores para Argentina: interior, BERTRAN, S.A.C. Vélez Sársfield, 1950. Cap. Fed./ Buenos Aires y Gran Buenos Aires, VACCARO SÁNCHEZ y Cía, S.A.

Capítulo 1

GISELLE Barton, por favor, acuda urgentemente al mostrador número seis de la terminal. Giselle Barton, pasajera del vuelo con destino a Roma con salida a las trece treinta, por favor, acuda urgentemente al mostrador número seis.

Lily Barton acababa de llegar al mostrador número cincuenta y dos y se había puesto a la cola de facturación de su vuelo a Roma, después de tener que arrastrar la maleta por toda la terminal. Al oír aquel aviso y darse cuenta de que tenía que desandar todo el camino, soltó un gruñido de incredulidad.

Aquella helada mañana de diciembre, dos días antes de Navidad, todo le había salido mal. El taxi había llegado tarde a recogerla, y el trayecto hasta el aeropuerto había sido difícil y lento debido a la nieve y al mal tiempo. Así pues, ella era la última pasajera de la cola, con lo que, seguramente, iban a asignarle el peor asiento de todo el avión.

Por si eso no fuera poco, la maleta había perdido una de las ruedas cuando el taxista la sacaba del maletero del coche. Ni el taxista ni ella habían conseguido colocarla de nuevo en su sitio, así que la maleta tenía tendencia a desviarse hacia la izquierda mientras ella la arrastraba con dificultad.

Lily esperaba que no la sacaran del vuelo a Roma por *overbooking*, cosa muy común en aquella época del año, porque aquello sería el colofón de un día desastroso y, seguramente, se echaría a llorar.

–Señorita Giselle Barton, por favor, acuda urgentemente al mostrador número seis de la terminal de salida.

–¡Ya voy, ya voy! –murmuró Lily, al oír la repetición del aviso por megafonía, y agarró el tirador de la maleta para regresar al principio del camino. El aviso había sonado más imperioso en aquella ocasión, lo que debía de significar que iban a sacarla de aquel vuelo y, sin duda, ofrecerle otro billete para después del día de Navidad.

Demonios...

Ir a Roma para pasar la Navidad con su hermano había sido una decisión muy rápida. Lily se había quedado sin planes para las fiestas en el último momento. Tendría que haberse dado cuenta mucho antes de que Danny, el hombre con el que llevaba saliendo dos meses, no iba a dejar sola a su madre divorciada, con la que aún vivía, para pasar las Navidades con ella, y Miriam había dejado bien claro que no iba a invitarla a su casa. Así pues, Lily había decidido que era el momento más adecuado para dar por terminada aquella relación que, por otra parte, no tenía demasiado futuro.

Afortunadamente, sus emociones no se habían visto comprometidas. Danny era otro de los profesores de la escuela donde trabajaba, y había sido divertido ir al cine y salir a cenar con él, pero su madre era demasiado dominante y posesiva.

Cuando había tomado la decisión, había empezado a sentirse muy alegre. Nunca había estado en Roma, y echaba de menos a Felix, que se había ido a vivir allí hacía tres meses, porque había encontrado trabajo como asistente personal del conde Dmitri Scarletti. Sus padres habían muerto ocho años antes y, al quedarse solos, los dos hermanos se habían unido más que antes, incluso. Las llamadas de teléfono y los correos electrónicos no eran suficientes para Lily. Iba a ser estupendo poder estar con él.

En realidad... hubiera sido estupendo poder pasar las Navidades con él, pero a ella estaban a punto de sacarla del vuelo a Roma y, seguramente, tendría que volver a casa y celebrar la Nochebuena sola, delante de la televisión.

Después de caminar durante varios minutos arrastrando la maleta, llegó al mostrador número seis y se dirigió a la azafata.

–Buenos días, soy Lily Barton, y...

La azafata la miró con desconcierto.

–¿Lily? Pero... Creía que se trataba de Giselle Barton...

–No se preocupe, es una cosa de familia. Tenga –dijo Lily; sacó el pasaporte de su bolso y se lo mostró.

La de su pasaporte no era la mejor fotografía que le habían hecho en su vida. Su pelo era de color rubio platino y tenía la melena muy lisa, y sus ojos eran bonitos, grandes, de color azul. Sin embargo, se le habían abierto mucho a causa del flash, y tenía cara de asombro. Además, parecía que tenía un cuello casi demasiado esbelto como para sujetar aquella cabellera tan espesa.

–Mire –dijo, mientras tomaba el pasaporte y lo guardaba de nuevo en el bolso–, si va a decirme que no puedo ir a Roma hoy, creo que debería advertirle que, si me sale mal algo más, voy a ponerme a gritar como una histérica.

–¿Ha tenido una mañana difícil?

–Ni se lo imagina.

La azafata sonrió.

–Pues, entonces, me alegro de poder decirle que no le voy a poner las cosas más difíciles.

–¿No?

–No, en absoluto. Permítame que le lleve esto –dijo la mujer, y tomó posesión del tirador de la maleta de Lily; después, se dio la vuelta y comenzó a caminar arrastrándola suavemente.

–¡Eh! –exclamó Lily. Rápidamente, la alcanzó y la tomó del brazo–. ¿Adónde va con mi maleta?

La azafata sonrió con paciencia.

–Voy a facturarle el equipaje y, después, la llevaré a la sala VIP.

Lily se quedó asombrada. Después, sacudió la cabeza.

–Debe de haber un error. Tengo un billete de clase turista –dijo.

La azafata siguió sonriendo.

–Creo que han cambiado su reserva esta mañana.

–¿Que me han cambiado el billete? –preguntó Lily con desesperación–. Por favor, no me diga que me van a mandar a Noruega, o a algún sitio donde haga más frío que en Inglaterra.

La azafata se echó a reír.

–No, no va a volar a Noruega.

–¿A Islandia? ¿A Siberia? –preguntó Lily, con un gesto de dolor. Diciembre había sido muy frío aquel año en Inglaterra y, aunque ella sabía que en Roma no habría veinte grados, seguramente sería un poco menos glacial que Londres.

–No, no va a ir a ninguno de esos dos lugares. Tiene un asiento en el vuelo que sale para Roma dentro de dos horas.

–¡Gracias a Dios! –exclamó Lily, y frunció el ceño–. Mire, no se preocupe por mí. Aunque tenga rota la maleta y esté un poco nerviosa, no necesito ayuda especial. Lo único que sucede es que es la primera vez que voy en avión, y es evidente que no me he organizado bien.

La azafata tuvo que morderse el labio para contener otra carcajada.

–Por eso voy a facturarle el equipaje yo misma.

–¿Antes de acompañarme a la sala VIP?

–Si no le importa, por favor, es por aquí...

Lily negó con la cabeza sin moverse del sitio.

–De veras, estoy segura de que ha habido una confusión. Yo soy Giselle Barton, sí. Y tengo un billete para Roma. Pero tengo un billete de clase turista y...

–No, ya no –le aseguró la otra mujer con firmeza–. El conde Scarletti llamó personalmente a la compañía aérea para cambiar su billete de clase turista por uno en primera clase, y solicitó que le dispensáramos a usted una atención especial antes y durante el vuelo.

¿El conde Scarletti?

¿El mismo conde adinerado e influyente, de origen italiano y ruso, para el que trabajaba Felix en Roma? Bien, no podía haber dos condes Scarletti, así que debía de ser él mismo.

–Creo que también tendrá un coche esperándola en el aeropuerto Leonardo da Vinci cuando aterrice –añadió la azafata.

Se suponía que era Felix quien debía ir a recogerla al aeropuerto...

A menos que el conde necesitara a su asistente personal para algo indispensable aquel día y su hermano no pudiera ir a recogerla, tal y como habían planeado. Tal vez aquella fuera la manera de compensarla del conde Scarletti.

Sin duda, Felix se lo explicaría todo cuando llegaran al apartamento alquilado en el que vivía...

Lily estaba ligeramente mareada a causa de la atención especial que le había dispensado el personal de la compañía aérea antes y durante el vuelo. Sonia, la primera azafata, le había facturado la maleta y la había llevado a la sala VIP. Allí, otras azafatas le habían servido bebida y comida constantemente. Minutos antes de que comenzara el vuelo, la habían acompañado al avión y le habían asignado un asiento en primera clase, donde habían vuelto a servirle champán y canapés. Al final, se había quedado dormida hasta el aterrizaje.

Y, en cuanto había salido de la terminal, había visto a un hombre alto y uniformado con un cartel en el que estaba escrito su nombre. Aquel chófer parecía más un guardaespaldas que un conductor, y se había presentado a sí mismo dándole solo su nombre: Marco. Después, había tomado su maleta rota como si no pesara nada y se la había llevado hacia una limusina que estaba aparcada en una zona prohibida. Lily no había tenido más remedio que seguirlo.

Ella había intentado hacerle algunas preguntas en una mezcla de italiano muy precario e inglés, pero él no había respondido nada salvo cuando había mencionado al conde Scarletti. Marco había respondido un «sí» lacónico mientras se aseguraba de que ella se sentaba en el asiento trasero de la limusina y cerraba con firmeza la puerta. Y, todo aquello, delante de mucha gente que observaba la escena con curiosidad, preguntándose seguramente si aquella mujer de pelo color platino con unos vaqueros desgastados y una gruesa chaqueta negra era alguien famoso. ¡Obviamente, una famosa que compraba la ropa en tiendas de segunda mano!

Cuando Marco se sentó al volante, ella estaba sonrojada de vergüenza, y la pantalla de cristal que separaba la parte delantera del resto de la limusina no invitaba a seguir haciéndole preguntas al chófer.

Lily no tuvo más remedio que apoyarse en el respaldo del asiento de cuero y disfrutar de las vistas de las afueras de Roma mientras el coche avanzaba hacia el centro de la ciudad. Hacía mejor tiempo que en Inglaterra, y brillaba el sol. Lily se quedó completamente embelesada con Roma. En cada esquina había una estatua, una fuente o un belén, además de imponentes museos que rivalizaban con los de Londres. Muchas cafeterías tenían las terrazas abiertas para los clientes, aunque estos tuvieran que llevar abrigos y bufandas para poder estar en la calle.

No era de extrañar que Felix se hubiera enamorado de la ciudad. Y no solo de la ciudad; unas semanas antes le había contado que estaba saliendo con una joven italiana llamada Dee, y que quería presentársela cuanto antes.

Parecía que Roma era una ciudad donde resultaba muy fácil enamorarse...

Media hora después de salir del aeropuerto, Lily frunció el ceño al ver que Marco no detenía el coche ante un edificio de apartamentos, sino delante de un imponente portón de madera de unos cuatro metros de altura. Las puertas se abrieron lentamente, y Marco metió el coche en el patio de un magnífico palacio.

Las puertas ya se habían cerrado firmemente cuando

Marco bajó del coche y le abrió la puerta para que saliera.

Pese al ajetreo de la ciudad y el ruido del tráfico, en el interior de aquel patio no se oía nada, y tanto silencio resultaba inquietante.

Lily se ajustó las solapas de la chaqueta alrededor del cuello y se giró hacia el chófer.

–*Mi scusi, signor, parla inglese?*

–*No* –respondió él con brusquedad, y se dirigió hacia la parte trasera del coche para sacar su equipaje del maletero.

Obviamente, no iba a servirle de ayuda.

Entonces, Lily comenzó a inquietarse de veras. Se dio cuenta de que, con todas aquellas atenciones en el aeropuerto de Inglaterra y durante el vuelo, se había dejado invadir por una sensación de falsa seguridad, y se había marchado del aeropuerto Leonardo da Vinci con un hombre a quien no conocía y que casi no le había dirigido la palabra después de decirle su nombre. ¡Y era ella quien había mencionado al conde y a Felix, no Marco! Aparte de todo aquello, el chófer acababa de dejarla en el patio de un edificio que, tal vez, hubiera sido un palacio antiguamente, pero que en la actualidad bien podría ser un burdel. Un burdel caro y exclusivo, pero un burdel de todos modos.

Lily comenzó a acordarse de algunos artículos de prensa sobre el lucrativo tráfico de mujeres, sobre todo jóvenes de pelo rubio y ojos azules.

Con desasosiego, se volvió hacia el chófer mientras él dejaba su maleta sobre el suelo empedrado del patio.

–*Signor*, tengo que...

–Eso es todo. Gracias, Marco.

Lily se quedó paralizada al oír aquella voz llena de

autoridad, y alzó la vista hacia la galería superior. Al ver a un hombre allí arriba, entre las sombras, se quedó sin aliento. No podía verle la cara, pero sí distinguía su gran estatura y su aura de poder.

¿Tal vez era el dueño del burdel?

«Oh, por el amor de Dios, Lily», se dijo. Por supuesto que no era el dueño de ningún burdel, puesto que aquello no era un burdel. Tenía que haber una explicación razonable para que ella estuviera allí, y era evidente que aquel hombre de la galería iba a dársela, teniendo en cuenta que se había dirigido a su chófer en un perfecto inglés.

Lily se giró de nuevo hacia Marco para pedirle ayuda, pero se dio cuenta de que el chófer acababa de desaparecer en el interior del palacete mientras ella observaba, como hipnotizada, al hombre de la galería.

¿Y si aquella había sido su intención? ¿Y si lo que quería era distraerla para que Marco pudiera desaparecer y tenerla a su merced?

–Oh, Dios mío –dijo, y soltó un suave jadeo al ver al hombre, que salió de entre las sombras como si hubiera notado lo tumultuoso de sus pensamientos, y se apoyó en la balaustrada de la galería para mirarla.

Ciertamente, era muy alto; debía de medir por lo menos un metro noventa centímetros, lo cual quería decir que le sacaba, al menos, unos treinta centímetros a ella. Y, en cuanto al aura de poder... Aunque llevaba un traje caro y una camisa blanca impecable con una corbata gris, el hombre irradiaba fuerza. Tenía unos hombros muy anchos, la cintura estrecha y las piernas muy largas.

Sin embargo, fue su rostro lo que dejó anonadada a Lily. Tenía el pelo negro y la piel bronceada, y unos ojos muy claros. La nariz era recta y los labios carnosos. Su mandíbula era cuadrada y muy masculina y, en general, los rasgos de su cara eran angulosos.

Parecía como si hubiera salido de una de sus fantasías; era el hombre que toda mujer querría para sí.

Él arqueó una de sus cejas perfectas y sonrió con ironía al responder a su comentario anterior.

–Me temo que ni me acerco a eso, señorita Barton.

¡Sabía su apellido!

–Creo que me lleva ventaja, señor.

Él inclinó la cabeza.

–Si me hace el favor de esperar ahí, bajaré ahora mismo a presentarme...

–¡No!

–¿No?

–No –repitió Lily–. Puede decirme quién y qué es usted desde donde está ahora mismo.

–¿Quién y qué soy? –repitió él, en un tono vagamente amenazador.

–Sí, exactamente –insistió Lily.

Él la recorrió con la mirada, desde la coronilla hasta los pies, con una sonrisa de diversión.

–¿Y quién cree usted que soy, exactamente? –preguntó.

–¡Si lo supiera, no tendría necesidad de preguntar!

–Veamos... –dijo el hombre, que continuaba en la galería–. En el aeropuerto, se subió al coche de un hombre a quien no conocía y le permitió que la trajera hasta aquí, ¿y todo eso lo hizo sin saber quién o qué iba a estar esperándola al final del viaje? –preguntó, con una mirada desdeñosa.

Ella frunció el ceño.

–Pensé que el chófer me estaba llevando al apartamento de mi hermano. Es evidente que debería haber tenido un poco más de cautela...

–¿Solo un poco más? Espero que no le importe que se lo diga, pero ha sido muy ingenua.

–Pues sí me importa –replicó ella–. Y, si me ha traído aquí con idea de pedirle un rescate a mi familia para liberarme, creo que debería decirle que mi hermano, que es mi único familiar vivo, es tan pobre como yo.

–¿De veras?

–Sí. Y, ahora, dígame quién y qué es usted, y qué es lo que quiere.

Él movió la cabeza con incredulidad.

–¿Es que no lo sabe?

–Lo único que sé es que, en cuanto salga de aquí, voy a ir a contárselo todo a la policía.

–Entonces, no parece que me convenga dejarla salir, ¿no cree?

Lily se había dado cuenta de eso en cuanto había proclamado su amenaza.

–Creo que es muy razonable que quiera saber quién es usted.

–Cierto –respondió el hombre–. Soy el conde Dmitri Scarletti, señorita Barton –dijo él–. Y, en este momento, se encuentra usted en el patio del Palazzo Scarletti.

Oh.

El jefe de su hermano.

El mismo hombre que lo había organizado todo para que ella recibiera las mejores atenciones durante su viaje.

¡Y ella acababa de amenazarle con ir a acusarlo de secuestro ante la policía!

Capítulo 2

SI LAS circunstancias hubieran sido distintas, tal vez a Dmitri le hubiera resultado divertido el desconcierto de Giselle Barton al oír lo que acababa de decirle. Sin embargo, la situación no le permitía reírse de nada de lo que dijera o hiciera ningún miembro de la familia Barton. Aunque Gina hubiera resultado ser tan increíblemente bella...

Dmitri no apartó la vista de ella mientras bajaba por las escaleras hacia el patio. Nunca había visto una melena tan rubia, tan pálida que parecía de plata a la luz de la luna, y tan espesa y suave que cualquier hombre querría meter sus dedos en ella...

Aunque tenía una mirada de enfado, los ojos de la señorita Barton eran grandes y muy azules. Tenía una nariz pequeña y recta, y una boca perfectamente arqueada.

Él no veía cómo era su figura bajo aquella chaqueta gruesa de color negro que llevaba, pero tenía unas piernas esbeltas y unos pies muy pequeños, aunque llevaba unas botas poco favorecedoras. Sí, Giselle Barton era mucho más bella de lo que Dmitri hubiera esperado. O de lo que hubiera deseado.

La señorita Barton tragó saliva antes de hablar.

–Yo... Creo que le debo una disculpa, conde Scarletti –dijo–. No sabía nada. Su chófer no me dio ninguna explicación, y...

–Tenía instrucciones de no dárselas.

Ella abrió los ojos como platos.

–¿De veras?

–Sí –respondió él, mientras se inclinaba para recoger su maleta del suelo. Después, se irguió y comenzó a caminar hacia la entrada de la casa.

Claramente, esperaba que ella lo siguiera sin rechistar. Sin embargo, después de las tonterías que había cometido aquel día, no tenía intención de continuar haciéndolas.

–¿Dónde está Felix?

El conde se detuvo en la puerta y se giró lentamente para mirarla con los ojos entrecerrados. En aquel momento, Lily descubrió que eran de color verde claro. En realidad, de un color verde claro que resultaba hipnótico.

Él la miró fijamente.

–Esa es una pregunta interesante.

Lily se sobresaltó.

–¿Por qué? ¿Acaso le ha ocurrido algo? –preguntó, y atravesó rápidamente el patio, mirando inquisitivamente al conde–. ¡Por favor, no me diga que ha tenido algún accidente!

Él frunció el ceño.

–Las respuestas a sus preguntas son: «No tengo ni idea» y «Todavía no» –respondió con aspereza, y con una frialdad que hizo estremecerse a Lily a causa de la aprensión.

–¡No lo entiendo! –exclamó ella, mientras caminaba apresuradamente para poder seguir sus zancadas.

Al entrar en el frío vestíbulo del palacio, Lily vaciló. Se quedó abrumada por la riqueza que la rodeaba. El suelo era de mármol, y del altísimo techo colgaba una araña de cristal. Había muebles antiguos y magníficos cuadros en las paredes. Todo daba la impresión de lujo y de grandeza.

Y todo estaba tan silencioso... No se oía nada, salvo el eco de sus pasos cuando comenzó a seguir al conde de nuevo. Él se alejaba por un pasillo, y a los pocos instantes desapareció en una habitación que había al fondo. Ella entró poco después, y se encontró en una estancia tan bella y elegante que, sin querer, emitió un jadeo de asombro.

Las paredes eran de un blanco puro, y las molduras del techo estaban cubiertas con pan de oro. Había otra impresionante araña en el techo y, en el suelo de mármol, una alfombra azul de Aubusson. El mobiliario era de una delicada belleza, seguramente del siglo XIX, y había cuadros magníficos adornando las paredes. Y, a través de unos enormes ventanales, se veían el cielo y la ciudad de Roma.

En mitad de toda aquella elegancia estaba el conde Scarletti, muy alto e imponente, junto a una chimenea encendida. El fuego le daba a la habitación un calor que contrastaba radicalmente con la frialdad del conde.

Ella notó otro escalofrío, y se arrebujó en la chaqueta.

–Estaba a punto de explicarme por qué no ha venido Felix a buscarme al aeropuerto, tal y como estaba planeado.

Él arqueó una ceja, con un gesto arrogante.

–¿De veras?

Lily tomó aire.

–Usted...

–¿Le importaría servir el té antes de que sigamos con nuestra conversación? –dijo él, y le señaló una bandeja de té de plata que había sobre una mesita blanca–. Seguro que necesita tomar algo caliente después de su vuelo, señorita Barton.

–Pues... no, en realidad, no. He tomado demasiado champán en el avión –admitió ella.

–¿De veras? –preguntó Dmitri, con evidente desaprobación.

–Gracias a usted, por cambiar mi billete de turista por uno de primera clase.

–Era lo mínimo que podía hacer –dijo él.

–Sí, bueno. Yo le agradezco la amabilidad. Y, ahora, como seguro que ya le he hecho perder demasiado tiempo, ¿le importaría pedir un taxi para que me lleve a casa de Felix?

–Tal vez más tarde –respondió él.

Dmitri se movió para sentarse en una de las butacas que había junto al fuego, y se dio cuenta de que ella, instintivamente, daba un paso hacia atrás. Él pensó que merecía aquel recelo por su parte; normalmente, era un hombre que dominaba perfectamente sus emociones, pero en aquellos momentos apenas conseguía contener su ira.

Y, evidentemente, la señorita Barton percibía aquella ira, aunque no supiera cuál era su origen.

Si de verdad no lo sabía...

En aquel momento, estaban jugando al gato y el ratón. Ninguno de los dos revelaba lo que verdaderamente sabía de la situación, sino que ambos se escudaban en las buenas maneras para ocultar lo que pensaban y sentían.

Sin embargo, Giselle Barton no iba a salir de su palacio hasta que él decidiera que podía hacerlo.

Se sentó y, mientras cruzaba las piernas, la miró burlonamente.

–Aunque usted no quiera tomar té, ¿le importaría servirme una taza?

–Yo... sí, claro, por supuesto –respondió ella.

Dejó el bolso sobre la alfombra, se acercó a la bandeja y sirvió una taza de té. Después, se la entregó al conde con cuidado de no rozar sus largos dedos. Ya se sentía lo suficientemente atraída hacia él sin necesidad de establecer ningún contacto físico. Tal vez ella pudiera comportarse de un modo impetuoso, tal y como demostraba su repentina decisión de pasar la Navidad con Felix en Roma, pero no era tonta, y sabía muy bien que los hombres como aquel, indecentemente ricos y guapos, no se sentían atraídos por profesoras pobres de Londres. Salvo para tener una aventura pasajera, tal vez, y ella siempre había preferido no tener aventuras basadas solo en las relaciones físicas, sin ningún otro significado.

Se sentó en la butaca que había frente al conde, al otro lado de la chimenea, evitando su mirada, y se irguió.

–Le agradezco mucho su amabilidad de hoy, conde Scarletti...

–Dmitri. Me gustaría que me llamara Dmitri y, si me lo permite, preferiría tutearla y dirigirme a usted por su nombre de pila, Giselle.

–Bueno, en realidad... todo el mundo me llama Lily.

–¿De veras? ¿Y por qué?

–Es una larga historia familiar, y no creo que merezca la pena hacerle perder el tiempo –dijo Lily.

–Hoy no tengo ningún compromiso –respondió él, suavemente–. Además, ¿no es el oyente quien debe decidir si una historia merece o no merece la pena?

–En serio, no es muy interesante –insistió Lily.

Él se encogió de hombros.

–Como ya he dicho, no tengo ningún otro compromiso.

–De acuerdo –respondió ella, con cierta tirantez–. Mi madre me puso Giselle por su ballet favorito, pero muy pronto se descubrió que Felix no era capaz de pronunciarlo. Su versión de mi nombre era algo como «Lelly» y, al final, se convirtió en Lily. Pero ¡mucho mejor! Porque yo solo di dos clases de ballet cuando tenía seis años, y quedó perfectamente claro que no era lo mío. Tenía la elegancia de un elefante al ataque –explicó Lily, ante la mirada de curiosidad del conde.

–Eso me resulta difícil de creer –dijo él.

–Oh, te aseguro que es cierto.

Dmitri dejó su taza de té en la mesilla, y se giró nuevamente hacia ella.

–¿Puedo preguntarte si has sabido algo de Felix hoy?

De repente, Lily se sintió como si estuviera atravesándola con la mirada. Seguramente, el conde había heredado aquellos ojos verdes e intensos de su madre rusa, como los ángulos marcados de su rostro y aquella increíble e imponente altura.

–Yo... no. No he sabido nada de él. Se suponía que debía ir a buscarme al aeropuerto, pero...

–Es evidente que no lo ha hecho –dijo Dmitri con frialdad.

–Pues... no, no lo ha hecho. Yo pensé que era porque tú lo necesitabas para alguna otra cosa –dijo ella, y volvió a sentirse muy inquieta–. ¿Es que tú tampoco lo has visto hoy?

–No, por desgracia, no.

–Entonces, ¿dónde está?

–Ojalá lo supiera –replicó él, con una expresión glacial–. ¿Estás segura de que no lo has visto ni has hablado con él?

–¡Claro que estoy segura! –exclamó Lily, que estaba empezando a perder la paciencia–. Creo que sabría si he hablado o no con mi propio hermano.

Él apretó la mandíbula antes de hablar.

–¿No has recibido ningún mensaje suyo? ¿Nada en absoluto?

–Pues no... Bueno, en realidad, no he tenido ocasión de mirar el teléfono móvil desde que llegué a Roma.

Lily frunció el ceño y se levantó para tomar su bolso del suelo. Comenzó a rebuscar el teléfono entre el monedero, un par de libros, el estuche del maquillaje, el bálsamo labial, un bolígrafo y varias cajitas de caramelos de menta.

–Si me dijeras qué es lo que sucede –dijo, mientras, por fin, daba con el móvil y lo sacaba del bolso–, tal vez pudiera...

De repente, Dmitri se levantó y le quitó el teléfono de la mano.

–¡Eh! –protestó ella, con indignación, mientras dejaba caer el bolso a la alfombra nuevamente–. ¿Qué crees que estás haciendo?

–Parece que hay dos mensajes –dijo él, ignorando su evidente desagrado, y mirando fijamente la pantalla del móvil.

–¡Mensajes que, obviamente, son para mí! –exclamó Lily y, con habilidad, le quitó el teléfono a Dmitri.

Él la miró con una expresión de advertencia.

–No estás contribuyendo a aclarar esta situación, poniendo tantos obstáculos.

–¡Si me explicaras cuál es la situación, no tendría que poner obstáculos! –replicó Lily, devolviéndole una mirada severa.

Dmitri respiró profundamente para calmarse. Sabía que aquel comportamiento no era propio ni digno de él, pero había tenido una mañana muy larga y muy difícil, y no estaba de humor para tratar con cortesía a aquella mujer tan poco cooperativa.

–Escucha tus mensajes y dime qué es lo que dicen –le ordenó sin miramientos.

Ella arqueó las cejas rubias con estupefacción.

–Tal vez lo haga si pienso que es algo que tú debas saber.

–Escúchalos, por favor –repitió él, con los puños apretados.

Lily tragó saliva. Después, se puso el teléfono al oído y escuchó los mensajes.

–El primero es privado –dijo, malhumoradamente. Era Danny, deseándole que lo pasara muy bien en Roma. Sin duda, esperaba que volvieran a estar juntos después de las fiestas, pero iba a llevarse una decepción–. El segundo es...

Lily se quedó callada al darse cuenta de que el segundo mensaje era de Felix. Su hermano se lo había dejado a las nueve de la mañana, hora inglesa, antes de que Lily hubiera salido hacia el aeropuerto. Sin embargo, a esa hora estaba en la calle, esperando al taxi que llegaba con retraso, y no se le había pasado por la cabeza mirar si tenía mensajes en el buzón de voz...

Al oír el tono urgente de Felix, Lily se echó a temblar.

–*No vengas a Roma, Lily* –le advertía con vehemencia–. *Te lo explicaré todo cuando nos veamos, pero, por ahora, ¡no vengas a Roma!*

–Pero... ¿por qué? –preguntó Lily, mirando con desconcierto al conde Dmitri, que permanecía silencioso a su lado. Él tomó el teléfono de su mano sin que ella se resistiera, y escuchó el mensaje–. ¿Por qué no quería Felix que viniera a Roma? ¿Dónde está?

Dmitri cerró el teléfono y apretó los dientes.

–Como ya te he dicho, esa es una pregunta interesante...

–¡Pues ya es hora de que me respondas! –insistió Lily, mirándolo con una expresión acusatoria mientras le arrebataba el teléfono.

Dmitri se dio cuenta, a su pesar, de que sus ojos azules habían tomado los matices de un zafiro. Además, ella tenía un delicado rubor en las mejillas, y el arco perfecto de sus labios se había convertido en una línea recta y obstinada.

–Es evidente que tú sabes lo que ocurre. ¡Si no, no te habrías molestado en cambiar mi billete de avión, ni habrías enviado a un chófer a buscarme al aeropuerto! –exclamó Lily.

Inteligente, además de guapa, pensó Dmitri, y recordó el alivio que había sentido al enterarse, por teléfono, de que Giselle Barton estaba en el aeropuerto en Inglaterra y que tenía un billete para Roma. Antes de saberlo, había temido que Felix hubiera conseguido ponerse en contacto con ella y le hubiera pedido que no fuera a Roma.

–No, es cierto –le dijo a Lily, mientras se ponía en pie y se colocaba junto a la chimenea–. Y, con respecto a tu hermano, no tengo ni la más mínima idea de dónde está.

Si lo supiera, no estaría perdiendo el tiempo hablando con ella. Sin embargo, tal y como estaban las cosas, Giselle Barton era la única forma que tenía de localizar a Felix.

–Sin embargo, en cuanto lo sepa, voy a asegurarme de que tu hermano salga de Italia inmediatamente, y de que le prohíban la entrada al país para siempre.

Lily se quedó helada al notar la ira que irradiaba de

Dmitri Scarletti, tanto hacia su hermano como hacia ella.

¿Qué había hecho Felix para provocar aquella furia tan peligrosa? Fuera lo que fuera, ella no tenía intención de quedarse allí mientras aquel hombre arremetía contra su hermano.

–No me das miedo, por muy conde que seas –le dijo ella–. Y te aconsejo que no te dejes engañar por las apariencias. Domino el kick-boxing, y no me da miedo utilizarlo.

Él se quedó sorprendido, y asintió.

–Cuando todo esto termine, me encantaría ver una demostración. Sin embargo, en este momento me preocupa más encontrar a tu hermano y traer a mi hermana a casa antes de que se monte un gran escándalo que cualquier amenaza que tú puedas hacerme.

Lily se quedó totalmente confusa. ¿Qué tenía que ver Claudia Scarletti en aquel asunto?

–¿Tu hermana?

Dmitri la atravesó con la mirada.

–Ojalá pudiera estar seguro de que eres tan inocente como pareces.

–¡Soy inocente! Por lo menos, si la ignorancia puede considerarse inocencia –dijo ella, y frunció el ceño–. No tengo ni idea de qué estás hablando.

–¡Estoy hablando de que mi hermana se ha fugado con tu hermano esta mañana! –bramó él, perdiendo los estribos.

Lily pestañeó.

¿Felix?

¿Felix se había fugado con Claudia Scarletti?

Capítulo 3

NO! –protestó Lily–. Te has debido de equivocar. Entiendo que estés preocupado por la desaparición de tu hermana, pero Felix no ha tenido nada que ver con todo esto. Sé que está enamorado de una chica llamada Dee. De hecho, lleva dos meses sin dejar de hablar de ella, en todas las llamadas telefónicas y los mensajes de texto que me ha enviado.

–Tal vez también le cueste pronunciar el nombre de Claudia –dijo él, con una expresión sombría.

Lily palideció.

–¿Cómo?

–Parece que Dee es como él llama a mi hermana.

A Lily se le escapó un jadeo. Lo que estaba diciendo Dmitri no podía ser cierto. No era posible que Felix se hubiera enamorado de la hermana de su jefe. ¿O sí?

Su hermano debía de saber que, si hubiera mencionado el nombre completo de la chica con la que salía, ella le habría aconsejado que no siguiera con aquella relación. ¡Le habría dicho que estaba loco!

¡Claudia Scarletti! La guapísima hermana pequeña de uno de los hombres más ricos y poderosos de Italia. Era una locura. Felix no podía haberse fugado con ella...

Sin embargo, eso era lo que pensaba el conde.

Lily palideció de nuevo.

–¿Estás completamente seguro de esto?

–Sí, seguro –respondió Dmitri. Se metió la mano en el bolsillo interior de la chaqueta del traje y sacó un papel doblado–. Mi hermana me dejó una nota, tal vez pensando que no intentaría buscarla si sabía que ella estaba con su amante.

Lily tomó la nota con la mano temblorosa y la desplegó. Después de unos segundos, se la devolvió al conde.

–Lo siento, pero no sé italiano –dijo.

Aunque, al pasar la vista por el escrito, había detectado varias veces la palabra «Felix». ¡Oh, Dios santo!

Dio un paso atrás y se sentó en la butaca.

Aquel era el motivo por el que el conde Dmitri la había captado en el aeropuerto de Londres y la había llevado a su palacio de Roma. Para averiguar si ella sabía algo sobre los planes de su hermano. ¿O era por algún otro motivo?

Él la miró con los ojos entrecerrados.

–Parece que llevaban algunos meses viéndose en secreto, y que ahora han decidido escaparse juntos –dijo.

Lily todavía estaba intentando asimilar todo lo que le había dicho aquel hombre. Incluso ella se daba cuenta de que la relación era totalmente inconveniente, así que no era difícil adivinar lo que pensaba el conde.

Felix era muy guapo y muy divertido, y podía haber llamado la atención de Claudia Scarletti. Sin embargo, en lo demás no era el hombre idóneo para una chica rica y aristocrática.

Su hermano no tenía dinero, salvo el sueldo que ganara trabajando para el conde. No había intentado comprar ninguna casa en Londres, sino que había alquilado un apartamento, e incluso había vendido su viejo coche hacía tres meses, antes de mudarse a Italia. En Roma, utilizaba el transporte público. Ella era la única familia que le quedaba y, aunque era profesora, su situación económica tampoco era desahogada.

En resumen, Felix no era el hombre adecuado para Claudia. Evidentemente, su hermano mayor tenía la misma opinión.

De repente, Lily frunció el ceño.

–¿Y por qué se veían en secreto?

Él apretó la mandíbula.

–¿Cómo?

–Que por qué Felix y Claudia se estaban viendo en secreto.

–Tal vez porque Claudia sabía que yo nunca iba a aprobar que saliera con mi asistente personal inglés.

Tal vez.

–Pero ¿es esa la única razón?

–¿No te parece suficiente?

–No lo sé. Entiendo que Felix no sea tu primer candidato para novio de tu hermana...

–Ni el primero, ni el último –puntualizó él, con desdén.

–¡No hay necesidad de ser insultante! –dijo Lily airadamente.

–¿No?

–¡No es ningún criminal, ni un drogadicto!

–¿Y te parece que debería estar dándole gracias a Dios por su misericordia? –preguntó él.

Después, comenzó a pasearse de un lado a otro, como si fuera un león enjaulado.

Mientras, Lily trató de recordar las cosas que Felix le había contado sobre la chica de la que se había enamorado, aparte de que fuera maravillosa, fantástica y muy inocente. Con «inocente», ¿Felix se refería a las relaciones físicas o a...? ¡Dios santo!

–¿Cuántos años tiene Claudia?

Dmitri se detuvo en seco y la miró.

–Da la casualidad de que mi hermana cumple veintiún años mañana.

–¿Veintiún años? –preguntó Lily con incredulidad, mientras se ponía en pie–. Oh, por el amor de Dios. Por tu forma de comportarte, pensaba que sería menor de edad. Sin embargo, a esa edad es evidente que puede hacer lo que le venga en gana, y sabe perfectamente si se ha enamorado o no. De Felix o de cualquier otro hombre.

–No se ha enamorado. Mi hermana se ha encaprichado de él porque es rubio y tiene ojos azules, y es...

–Mi hermano mellizo.

–¿Cómo? –preguntó Dmitri, sin comprenderla.

–Que Felix y yo somos mellizos. Nacimos con cinco minutos de diferencia.

Dmitri cerró los ojos brevemente.

–¿Y cuál de los dos es el mayor?

–Yo.

Evidentemente, no eran idénticos, pero Dmitri vio cierto parecido en su color de pelo y ojos y en la forma de su cara. Y tenía que reconocer que Lily era tan bella como guapo era su hermano...

Se giró y se acercó a mirar por una de las ventanas, buscando el sosiego que siempre le proporcionaba admirar el majestuoso horizonte de Roma. Sin embargo, aquel día no consiguió calmarse, y se dio cuenta de que no volvería a estar en paz hasta que Claudia no volviera sana y salva a casa.

Dmitri tenía quince años cuando su madre había muerto en el parto de Claudia, pero él siempre había adorado a su hermana pequeña. La quería tanto que, cuando su padre murió de un infarto, seis años después que su madre, él había aceptado con gusto ser su tutor. No siempre había sido fácil, y él había pasado mucho de su tiempo ocupándose de que la niñez de Claudia fuera feliz, hasta el punto de que había renunciado a la idea de formar una familia propia mientras que el futuro de su hermana no estuviera encauzado.

En aquel momento pensó que, quizá, no debería haberlo hecho. Que tal vez una esposa hubiera evitado que él mimara demasiado a Claudia, o que fuera demasiado benevolente con ella.

–Dmitri...

A él se le tensaron los músculos de los hombros al oír la voz suave y ronca de Lily. Lentamente, se giró hacia ella.

Y ella respiró profundamente antes de hablar.

–Si, tal y como dices, mi hermano se ha fugado con tu hermana, entonces es que sus intenciones son honorables.

Él apretó los labios con fuerza.

–Las intenciones de tu hermano son irrelevantes, porque mi hermana ya está comprometida con otro hombre.

–¿Qué? –preguntó Lily, con un nudo en el estómago.

Dmitri asintió.

–O, por lo menos, lo estará. Su compromiso con Francesco Giordano iba a anunciarse en la celebración del cumpleaños de Claudia, mañana mismo, en nuestra casa de Venecia.

Y, en vez de eso, ¡Claudia se había escapado con otro hombre!

–¿Puede ser ese el motivo por el que Felix y ella se han escapado hoy?

Dmitri tomó aire.

–Posiblemente.

–Entonces, parece que Claudia no está enamorada de Francesco Giordano –comentó Lily.

–Este compromiso fue arreglado cuando Claudia cumplió los dieciséis años.

Lily se encogió de hombros.

–Es evidente que ha cambiado de opinión desde que conoció a Felix. Y, como el compromiso no se había anunciado todavía, no han hecho daño a nadie.

–Los Giordano y los Scarletti tienen viñedos colindantes en las colinas de Venecia –dijo él, en un tono áspero.

Lily lo miró con desdén.

–Vaya, qué romántico. Un matrimonio de conveniencia. La verdad, no entiendo cómo puede preferir Claudia casarse con un inglés guapo que está enamorado de ella a aceptar un matrimonio arreglado con tu vecino de al lado –dijo, con sarcasmo.

–Tú no entiendes estas cosas.

–¡Claro que sí!

–Obviamente, los viñedos no son el único interés que tiene Francesco en ella.

–Pues a mí no me parece tan obvio. De hecho, me parece inaceptable que quieras casar a tu hermana con un hombre que seguramente es lo suficientemente mayor como para ser su padre.

–Francesco es el hijo único de Franco Giordano, y tiene veinticinco años. Claudia y él han sido amigos desde niños.

–¿Y no tiene una hermana mayor o más joven que

él con la que puedas casarte tú para sellar esa alianza económica, en vez de Claudia?

Dmitri se enfureció al oír aquel comentario. Nunca, en sus treinta y seis años de vida, le habían hablado de ese modo.

–Francesco es hijo único –repitió.

–Pues es una pena.

–Claudia nunca dio a entender que estuviera descontenta con el compromiso –añadió Dmitri.

–Creo que fugarse con otro hombre el día anterior al anuncio de ese compromiso es algo que habla por sí solo. ¿A ti no te lo parece?

Dmitri apretó las manos detrás de la espalda para intentar controlar su furia.

–Solo por curiosidad –dijo ella–, ¿les has explicado la ausencia de Claudia a Francesco y a su familia?

–No es asunto tuyo, pero he cancelado la fiesta de mañana y el anuncio del compromiso con la excusa de que Claudia tiene paperas.

–Muy inteligente –dijo Lily, con admiración–. Esa enfermedad es muy contagiosa, así que Francesco no puede visitarla, y, al tener los ganglios inflamados, supuestamente Claudia tampoco puede hablar con él por teléfono hasta dentro de varios días.

–Me satisface mucho contar con tu aprobación.

Lily se quedó pensativa.

–Pero... esa excusa solo te va a valer durante un tiempo limitado.

–Para entonces, mi hermana ya estará sana y salva en su casa, con su familia.

Lily arqueó una ceja con una expresión burlona.

–No sé cómo vas a conseguir convencerla de que vuelva...

Él frunció los labios.

–Finalmente, Claudia se dará cuenta de que ha cometido un error. En cuanto haya vuelto y tengamos ocasión de hablar.

–Sí, ya lo entiendo. Un hermano mayor, terrorífico y dominante, acosando a una hermana menor, mucho más joven, dulce e inocente.

Él enarcó las cejas.

–No estoy muy seguro de que me guste la descripción que has hecho de mí.

–Pues lo siento –dijo ella.

Dmitri apretó los labios de nuevo.

–También creo que hace unos minutos has dicho que Claudia era una mujer adulta, con edad suficiente para tomar sus propias decisiones.

–Eso no quiere decir que no sea dulce e inocente.

–¡Es evidente que no conoces a mi hermana! –replicó él, con una sonrisa burlona.

Lily frunció el ceño.

–Felix me ha dicho que Dee es muy dulce e inocente.

–Inocente, sí –dijo Dmitri, con la ferviente esperanza de que siguiera siéndolo–, pero decir que es dulce tal vez sea un poco exagerado.

–¿Claudia no es dulce?

Él sonrió.

–Como el sirope, hasta que no se sale con la suya.

–Oh, vaya.

Por algún motivo, Lily dudaba que su sereno y divertido hermano conociera aquella faceta de la joven con la que se había fugado.

–Además –prosiguió Dmitri–, debería informarte de que, en cuanto cumpla veinticinco años, puedo desheredarla. ¿Tu hermano está en posición de proporcionarle a Claudia el estilo de vida del que ha disfrutado siempre?

Lily se ruborizó.

–Sabes muy bien que no.

–Sí –dijo él–, ya lo sabía. En cuanto Claudia se dé cuenta, se desencantará de su inglés.

Si Claudia Scarletti era la niña rica y mimada que acababa de describir su hermano, entonces Lily no dudaba de las palabras del conde. ¡Y si Claudia y Felix se habían casado ya, sería desastroso!

–Y lo más seguro es que él también se canse de ella en cuanto sepa que ya no es una rica heredera –continuó Dmitri, suavemente.

–Creo que ya he aguantado suficientes insultos –dijo Lily. Recogió su bolso del suelo y se levantó–. Si me disculpas, voy a buscarme un hotel para pasar la noche.

–No.

Ella se quedó inmóvil y lo miró con recelo. De repente, se le quedaron los labios resecos, y tuvo que humedecérselos.

–¿Qué significa ese «no»?

Él se encogió de hombros.

–Eres una mujer joven y es la primera vez que vienes a Italia, tú sola. En ausencia de tu hermano, creo que es mi deber ofrecerte protección y la hospitalidad del Palacio Scarletti.

Lily sintió un nudo de nerviosismo en el estómago.

–Tengo veintiséis años y soy perfectamente capaz de cuidarme yo solita.

Dmitri soltó una carcajada llena de sarcasmo.

–Pues no lo has demostrado en el aeropuerto, al subirte al coche con un completo extraño, sin saber ni siquiera adónde iba a llevarte.

–Marco se comportó como un perfecto caballero durante todo el trayecto hasta aquí. De hecho, desde que he llegado a Italia, me parece que el único del que necesito que me protejan es de ti.

Dmitri frunció el ceño.

–Eres insultante.

–¡Y ni siquiera he empezado! –exclamó ella–. Tú me has traído aquí con engaños y te has puesto a hacer acusaciones a mi hermano, y de paso también me has insultado a mí. ¿Y ahora esperas que sienta gratitud porque me hayas ofrecido protección y hospitalidad? ¡Puede que haya sido ingenua, pero no soy idiota!

–En realidad, no te he sugerido que te quedes aquí, Lily –murmuró él–. Es una orden.

Ella se quedó horrorizada.

–¿Cómo?

Dmitri se movió con impaciencia.

–Además de la nota, Claudia también se dejó aquí el teléfono móvil, seguramente para que yo no pudiera llamarla y ordenarle que volviera a casa. Y, por desgracia, después de que encontraran su coche en el aeropuerto, lo registraron y encontraron esto en el asiento del pasajero...

Entonces, Dmitri se metió la mano al bolsillo de la chaqueta y sacó un teléfono.

Lily se quedó mirando fijamente el móvil plateado y negro.

–Es el de Felix...

–¿Estás completamente segura?

Ella asintió.

–Se lo regalé yo, hace tres meses –dijo. Se lo había comprado para asegurarse de que Felix pudiera ponerse en contacto con ella en cualquier momento mientras estaba en Italia–. Si no te importa, dámelo...

–No, creo que no –respondió él, y volvió a guardarse el teléfono en el bolsillo.

–¿Qué haces? –preguntó Lily, que se había quedado pálida como un fantasma.

–Es muy fácil, Lily –respondió él, sin miramientos–. En este momento, la única manera que tengo de comunicarme con Claudia o Felix es el teléfono fijo, o tu teléfono móvil.

–Pero... Felix me va a llamar a Inglaterra. Y, cuando le responda varias veces seguidas el contestador automático, atará cabos y se dará cuenta de que estoy en Roma.

–Sí, Felix se dará cuenta enseguida de que su primer mensaje debió de llegar tarde –convino Dmitri–, y, como yo tengo la carta de Claudia y sé que no me va a llamar hasta que ella lo considere conveniente, solo me queda la posibilidad de que Felix se ponga en contacto contigo a través de tu teléfono móvil –prosiguió, y se encogió de hombros–. ¿Tú estarías dispuesta a dejarme tu teléfono si te marchas?

–¡Por supuesto que no! –exclamó Lily, con indignación.

–Ya me lo imaginaba –dijo él–. Entonces, como mi hermana está a merced de las «intenciones honorables» de tu hermano, ¡creo que yo voy a devolverle el favor con su hermana!

Lily se quedó mirándolo con la boca abierta, sin saber si había entendido correctamente lo que acababa de decir.

–¿Te importaría decir claramente lo que pretendes? –le espetó, nerviosamente.

–Por supuesto que no –respondió él, con una sonrisa fría–. Hasta que tu hermano me devuelva a mi hermana, tú te vas a quedar aquí, en el Palacio Scarletti, en calidad de huésped.

¡Exactamente lo que Lily temía!

Capítulo 4

ESTÁS loco!

Dmitri pensó que, seguramente, Lily Barton tenía razón. Aquel había sido un día lleno de conmoción y frustración. El comienzo de aquella pesadilla había sido la lectura de la carta de Claudia, en la que su hermana le informaba de que se marchaba con Felix Barton para casarse.

Rápidamente, él había registrado todo el palacio y, al no encontrarla, había llamado a los amigos de su hermana. Y, después, habían encontrado su coche en el aeropuerto, con el teléfono móvil de Felix en el asiento del copiloto. Dmitri había hecho unas cuantas llamadas más, a algunos colegas de negocios, y rápidamente había constatado que la pareja no había sacado billetes para ningún vuelo que saliera de Roma aquel día, ni habían alquilado otro coche.

Claudia y Felix habían desaparecido como por arte de magia.

Lily y su teléfono móvil eran la única esperanza que le quedaba; tal vez Felix decidiera ponerse en contacto con ella durante los próximos días.

Por eso, Dmitri tenía la certeza de que no podía dejarla marchar. Lily Barton tenía que permanecer donde ella pudiera verla y oírla.

No estaba precisamente orgulloso de su decisión de retenerla contra su voluntad, pero iba a encontrar a su Claudia antes de que empeorara más aún la situación. Si la encontraba rápidamente, tal vez pudiera evitar aquel matrimonio y el escándalo consiguiente.

–Te aseguro que no estoy loco, Lily –dijo–. Solo desesperado.

Lily lo miró con incredulidad. Estaba horrorizada por el hecho de que él quisiera retenerla allí, y completamente sorprendida por el hecho de que hubiera admitido que no tenía el control de la situación. Aquel hombre era la arrogancia personificada, lo que significaba que Dmitri estaba verdaderamente preocupado por el bienestar de su hermana, o que estaba verdaderamente preocupado por la alianza familiar con los Giordano. Solo el tiempo revelaría cuál de las dos cosas era el verdadero motivo de su sentimiento de frustración.

–Seguramente, en Italia se te considera muy poderoso, pero no creo que eso te libre de cumplir la ley. Ni siquiera tú podrías evitar problemas judiciales por el secuestro de una turista inglesa –le dijo.

Él enarcó una de sus cejas oscuras.

–Tú ya no eres una niña, Lily. Además, yo prefiero pensar que eres mi invitada.

–Tú puedes pensar lo que quieras –replicó ella acaloradamente–, pero la verdad es que me estás obligando a quedarme en contra de mi voluntad. Y eso pienso decírselo al primer policía que vea en cuanto salga de aquí.

–Eso no sería inteligente, Lily –le advirtió él, con una mirada glacial.

Ella entrecerró los ojos.

–¿Me estás amenazando?

–No, en absoluto. Solo te estoy aconsejando que no llames la atención sobre este delicado asunto de familia. Si lo hicieras, yo tendría que defenderme acusando a tu hermano de haber retenido a Claudia contra su voluntad. ¿Y a quién crees que creerían las autoridades si eso sucediera?

Lily se quedó petrificada.

–Claudia no confirmaría esa acusación –susurró.

–Es posible –dijo él–, pero no puedes estar completamente segura de eso, ¿no crees?

Lily solo sabía de Claudia lo que le había contado su hermano, y lo sucedido aquel día demostraba que había omitido muchos detalles; así pues, Lily no podía estar segura de nada. Y menos, si llegaba el caso, de si Claudia iba a ser leal a su propio hermano o a Felix, el hombre del que decía haberse enamorado.

Dmitri leyó con facilidad la consternación y la incertidumbre en el expresivo rostro de Lily, y lamentó haberle causado aquellas emociones. Sin embargo, hasta que Claudia no volviera a su lado y, con suerte, soltera, él no podía permitir que los sentimientos de la señorita Barton le hicieran vacilar.

–Anímate, Lily –dijo con suavidad–. No voy a hacerte ningún daño, y estoy seguro de que el Palacio Scarletti es un alojamiento mucho más confortable que el apartamento de tu hermano.

Ella lo fulminó con la mirada.

–¡Esto es una jaula, aunque sea de oro!

Dmitri suspiró con exasperación ante su terquedad.

–¿Por qué te empeñas en luchar contra mí de esta manera?

Ella se encogió de hombros.

–Seguramente, porque me desagrada mucho tu increíble arrogancia.

Dmitri se estremeció. No tenía defensa contra aquella acusación; era un arrogante.

Solo tenía veintiún años cuando había heredado el condado de Scarletti, con todas sus responsabilidades: el imperio empresarial de la familia, las numerosas propiedades y todo el personal de servicio necesario para mantenerlas, además de la custodia legal de su hermana pequeña.

Evidentemente, su padre había tratado de prepararlo para hacer frente a aquella posibilidad, pero ninguno de los dos pensaba que ese día fuera a llegar tan pronto. A los veintiún años, Dmitri se había convertido en el blanco de todos los rivales de negocios, así como de las críticas de los mayores de la familia. Y, en aquel tiempo, el único medio de defensa que había conocido Dmitri fue el de adoptar la misma altivez y la misma arrogancia con las que su padre se había enfrentado a tales amenazas. Había aprendido bien la lección. Quizá, demasiado bien. Sin embargo, la arrogancia era la única forma que conocía para conseguir que el imperio empresarial de los Scarletti y sus propiedades siguieran en sus manos.

Y, como consecuencia, no estaba acostumbrado a dar explicaciones de sus actos ni a disculparse por ninguno de ellos. Eso sería considerado como una señal de debilidad. No tenía más remedio que dejar que Lily siguiera desdeñándolo por ello.

Se irguió, y le preguntó:

–¿Te gustaría ver tu habitación?

Lily tuvo la tentación de decirle dónde podía meterse su habitación. Sin embargo, no serviría de nada, porque Dmitri Scarletti ya había decidido que ella iba a quedarse allí, en el palacio, y, por lo que sabía de él, se dio cuenta de que eso era exactamente lo que iba a ocurrir.

De todos modos, alzó la barbilla con una expresión de desafío.

–Podría abrir la ventana y pedir socorro a gritos cuando estuviera a solas.

–No, porque las ventanas del palacio están cerradas herméticamente en esta época del año para preservar el calor de la calefacción central, y los cristales tienen un grosor especial, con objeto de amortiguar todo el ruido del exterior, así como el del interior.

Eso explicaba aquel silencio sobrenatural que reinaba en aquella casona en plena Roma.

–Y seguro que la puerta de seguridad que hay seguidamente al portón de madera es la única forma de entrada y salida del edificio, y tiene un código de seguridad –dijo ella, en tono de burla. Sin embargo, aquel desdén se convirtió en incertidumbre al ver que Dmitri no respondía, y continuaba mirándola fijamente con sus ojos verde claro–. ¿Es cierto?

Él se encogió de hombros.

–El palacio data del siglo XVI, y, en aquel tiempo, las fortificaciones se erigían para no dejar pasar a los invasores. No obstante, estoy seguro de que eso también funciona en el sentido contrario –explicó, sin dar muestras de arrepentimiento.

¡Aquello era increíble!

Lily cabeceó.

–¿Y los sirvientes? ¿No crees que va a ser un poco difícil encontrar una explicación para mi presencia cuando yo les deje bien claro que no estoy aquí voluntariamente?

Él enarcó una ceja.

–Ya te he comentado que Claudia y yo íbamos a marcharnos a Venecia hoy mismo.

–¿Y qué?

–Tenemos la costumbre de marcharnos de Roma

en esta época del año, con lo cual, el servicio del palacio tiene varios días libres para pasar las fiestas con su familia. Y ya se han marchado...

–¿Y Marco?

–Marco también se ha ido con su familia, después de dejarte sana y salva en el Palacio Scarletti.

–¿Estás diciendo que nos hemos quedado completamente solos?

Él la miró socarronamente.

–¿Acaso tienes algún problema con eso?

¡Sí! ¡Por supuesto que tenía problemas! Verse allí retenida ya era malo, pero ¿quedarse a solas con el oscuro y peligroso Dmitri?

–No me parece que sea una situación aceptable.

–¿En qué sentido no es aceptable?

Lily se humedeció los labios, que, de repente, se le habían quedado secos.

–La gente podría... malinterpretar el hecho de que nos quedemos a solas.

–¿Quién?

–Yo... no lo sé. Debe de haber alguna mujer en tu vida que no vea bien el hecho de que tú estés a solas aquí, conmigo.

–¿Alguna mujer?

–¡Sabes perfectamente a qué me refiero!

–Sí, sí lo sé –dijo él, sonriendo lentamente–. Y no, no hay ninguna mujer en mi vida en este momento, Lily –añadió. Después, tomó uno de los mechones de su pelo y dejó que se le deslizara entre los dedos–. Pero, tal vez, sí hay un hombre en Inglaterra que no aprobaría que tú estés aquí, a solas, conmigo.

Lily pensó brevemente en Danny, pero se olvidó de él al instante. Sabía que aquella relación había terminado para siempre.

–¡Yo soy la única que no aprueba el hecho de estar a solas contigo! –exclamó.

–¿Tu color de pelo es natural? –preguntó Dmitri, observándola.

–¿Qué quieres decir?

Él cabeceó suavemente.

–Nunca había visto un color así. Es como la luz del sol y de la luna mezcladas.

–Muy poético –respondió secamente Lily–. Sí, es natural.

–Es precioso –susurró él.

A Lily comenzó a arderle la sangre en las venas cuando él le tocó suavemente el pelo de la sien; al tenerlo tan cerca, notaba perfectamente el calor y la fuerza de su cuerpo masculino.

–Ya basta –dijo, y retrocedió unos cuantos pasos para alejarse de aquella caricia inquietante–. No tengo ninguna intención de convertirme en una especie de... juguete para ayudarte a pasar las horas hasta que regresen Felix y tu hermana –le dijo, temblorosamente, agarrando la correa de su bolso con tanta fuerza que se le pusieron blancos los nudillos.

Y, para empeorar las cosas, Dmitri estaba completamente tranquilo, como si su cercanía no le hubiera afectado lo más mínimo.

–Es una pena –dijo.

Lily se ruborizó.

–¿Podrías enseñarme mi habitación, por favor?

Dmitri la miró con admiración. Debía de medir tan solo un metro sesenta centímetros, y seguro que pesaba la mitad que él, pero, sin embargo, no tenía ningún reparo en llevarle la contraria en todo, y en darle a entender que no se sentía amenazada con su presencia. Al menos, no de un modo violento...

Dmitri había estado con muchas mujeres durante su vida como para no reconocer la respuesta física de Lily hacia él. Se le había entrecortado la respiración, se había ruborizado y sus pezones se habían endurecido bajo la fina tela de su jersey. Oh, sí, a nivel físico, Lily sí se sentía amenazada por él.

Igual que él se sentía atraído por ella, para su sorpresa...

A él siempre le habían gustado más las mujeres morenas y curvilíneas. Lily no era ninguna de aquellas dos cosas, sino rubia y menuda.

Y, sin embargo, su piel parecía de terciopelo caliente al tocarla, y el pelo le olía a limón y canela, sin duda, por su champú. Tenía los ojos azules como un lago, y la boca carnosa y sensual, perfecta para ser besada...

¡Suficiente!

Teniendo aquellos pensamientos estaba demostrando que era exactamente lo que ella le había dicho: un hombre que necesitaba un juguete.

Salvo que Dmitri sabía que, en una situación distinta, hubiera disfrutado besándola, y tenía la certeza de que ella también hubiera disfrutado besándolo a él.

Parecía que Lily no sabía nada de los planes de Felix con respecto a Claudia. De hecho, parecía que su único delito era ser su hermana. Por lo tanto, estaba mal incluso que él pensara en aprovecharse del hecho de que estuvieran completamente solos.

Se pasó una mano por el pelo y tomó aire profundamente.

–Está bien. Acompáñame, por favor...

Lily frunció el ceño lentamente mientras seguía al conde por el pasillo. Él iba tirando de la maleta, que no ofrecía demasiada resistencia... ¡traidora! Después de unos minutos, Dmitri se detuvo ante una puerta y le cedió el paso. Lily se detuvo bruscamente en el centro de un salón tan grande y tan elegante como el que acababan de dejar. ¿Acaso iba a ser su salón privado?

Eso parecía, porque Dmitri estaba llevando su maleta al dormitorio contiguo. La dejó a los pies de una cama con dosel que parecía lo suficientemente grande como para seis personas. Lily apenas tuvo tiempo para admirar la belleza de aquel dormitorio, porque él abrió la puerta de una tercera estancia y, al encender la luz, desveló que se trataba del baño más lujoso que ella hubiera visto nunca.

El suelo y las paredes eran de mármol color terracota, y contaba con una ducha enorme y una bañera de burbujas, rodeada de plantas exuberantes.

Verdaderamente, era una jaula de oro.

Una jaula. Lily suspiró y se dio la vuelta. Pasó por delante de Dmitri y entró al dormitorio. Se sentó a un lado de la cama, sin preocuparse de que todas las cosas cayeran del bolso a su lado al dejarlo sobre el colchón.

Había deseado tanto ver a Felix, pasar las Navidades con él, explorar Roma con su hermano y con Dee... Y, en vez de eso, allí estaba, sin Felix y sin Dee, sola con aquel hombre en mitad de la opulencia del Palacio Scarletti.

En realidad, Lily no culpaba a Felix en absoluto por aquel desaguisado. Para ella, el único responsable de lo que había ocurrido aquel día era Dmitri. Solo lo conocía desde hacía una hora, pero, si trataba a su hermana con el mismo autoritarismo con el que la había tratado a ella, no creía que Claudia se hubiera atrevido a contarle que no quería comprometerse con Francesco Giordano porque estaba enamorada de otro hombre. Dmitri no les había dejado más salida, a Felix y a Claudia, que escaparse juntos.

La idea de celebrar un matrimonio para unir a dos familias era una barbaridad del pasado, en opinión de Lily, y, ahora que había conocido a Dmitri Scarletti, con su arrogancia y su inflexibilidad, la pareja tenía toda su comprensión.

Y, sin embargo, se hubiera echado a llorar de desilusión. También hubiera deseado conocer Roma, que solo había visto al pasar en el coche...

–¿Lily?

Cuando miró a Dmitri, tenía los ojos llenos de lágrimas.

–¿Te importaría marcharte y dejarme en paz? –le preguntó, con la voz ronca–. Quisiera ducharme y echarme una siesta.

¡Que durara toda la semana que pretendía pasar en Roma! O, por lo menos, hasta que terminara aquella pesadilla...

–Tú...

–¿Te importaría marcharte? –insistió Lily. Se puso en pie y lo fulminó con la mirada.

Dmitri decidió ignorar la furia de su tono de voz. Lily se había quedado muy pálida, y tenía los ojos muy brillantes. ¿De ira? ¿O, tal vez, de otra cosa? ¿A causa de las lágrimas?

Sin duda, averiguar que Felix no estaba en Roma para recibirla había sido un golpe para ella, y, mucho más, verse atrapada en el palacio del jefe de su hermano. Mejor dicho, exjefe; Felix había perdido su puesto de trabajo en cuanto él había sabido que llevaba aquellos dos meses saliendo con Dee en secreto.

Sí, pensó Dmitri, aquellas últimas horas debían de haber sido muy difíciles para ella...

–Por supuesto –dijo, volviéndose para salir de la suite–. La cena será a las ocho, si te parece bien.

Lily siguió mirándolo fijamente, y le dijo, en tono mordaz:

–Espero que, al haberte quedado sin servicio, no pienses que yo voy a hacer la cena.

–No, claro que no –dijo él con exasperación.

–Ni tampoco el desayuno ni la comida.

Entonces, Dmitri sonrió.

–No te preocupes, Lily, te aseguro que soy perfectamente capaz de preparar comida para los dos durante tu estancia aquí.

–¿De verdad? –preguntó ella.

–Sí, de verdad –dijo él–. Aprendí a cocinar durante los tres años que pasé en la Universidad de Oxford.

Lily abrió los ojos como platos.

–¿Fuiste a la universidad en Inglaterra?

–¿Por qué te sorprende tanto?

Lily había pensado que su actitud arcaica se debía, en parte, al hecho de haberse criado en Italia. Sin embargo, si Dmitri había pasado tres años en Inglaterra, no tenía excusa para no saber que las cosas se hacían de una forma muy distinta allí. Que, normalmente, no se celebraban matrimonios de conveniencia, y que tampoco se podía secuestrar a la gente y retenerla en un palacio.

Sin embargo, el hecho de que hubiera cursado tres años de universidad en Inglaterra sí explicaba que hablara tan bien inglés. ¡Aunque a ella no le gustara nada de lo que decía!

Lo miró con frialdad.

–Sigo esperando a que te vayas.

Para poder ducharse y dormir, recordó Dmitri. Al instante, su mente se llenó de imágenes de Lily en las profundidades de una bañera llena de espuma perfumada, con el pelo rubio recogido en un moño alto que dejara a la vista su cuello esbelto y sus hombros, y la firmeza de sus pechos asomando seductoramente por encima de las burbujas...

–¡Oh, por el amor de Dios!

Lily perdió la paciencia al ver que él no se marchaba. Sabía que, si no lo hacía pronto, iba a humillarse a sí misma echándose a llorar delante del conde, y no quería darle aquella satisfacción.

–¡Cierra la puerta cuando salgas! –gritó.

Después, atravesó rápidamente la habitación para encerrarse en el baño.

Se apoyó débilmente contra la puerta, y las lágrimas empezaron a caérsele por las mejillas...

Capítulo 5

PODRÍAS devolverme mi teléfono móvil?

Dmitri arqueó las cejas y se dio la vuelta desde la cocina, donde estaba cocinando con una sartén al fuego. Lily estaba en el vano de la puerta; obviamente, había descansado un poco después del viaje. Tenía los ojos brillantes y claros, se había puesto brillo en los labios y la preciosa melena rubia le caía por los hombros y por la espalda. Llevaba un jersey negro muy fino y unos pantalones negros que le marcaban suavemente las curvas de las caderas y el trasero, como si estuvieran hechos especialmente para ella.

Lily se ruborizó bajo aquel examen de Dmitri.

–Creo que te has llevado mi teléfono móvil antes, al salir de mi habitación, y me gustaría que me lo devolvieras –le dijo ella.

Él sonrió despreocupadamente, se metió la mano en el bolsillo de la camisa blanca que llevaba y sacó un teléfono negro y plateado, que le entregó acto seguido.

–No te preocupes, no has tenido ninguna llamada ni ningún mensaje de texto.

–No estaba preocupada –dijo ella, y se guardó el móvil en el bolso.

–¿No?

–No –repitió Lily, sin saber si era cierto o no.

Estaba preocupada por Felix, obviamente, y deseaba fervientemente hablar con él, pero, al mismo tiempo, no quería que Dmitri tuviera oportunidad de interceptar su llamada.

Había conseguido relajarse un poco tomando un baño y, al terminar, había salido, envuelta en una toalla y descalza, al dormitorio. En aquel momento se había dado cuenta de que el teléfono móvil no estaba entre las otras cosas que se habían caído de su bolso sobre la colcha de la cama. Después de buscarlo por todas partes, había llegado a la conclusión de que Dmitri se lo había llevado.

Y el hecho de que se lo devolviera en aquel momento, sin darle ni la más mínima disculpa, no mejoró su mal humor. Lo cual era beneficioso, en aquel momento en el que volvía a encontrarse a solas con el inquietante Dmitri Scarletti...

La cocina no era tal y como Lily esperaba. Era mucho menos lujosa y más hogareña que el resto del palacio. Había ramos de hierbas secas colgadas de las gruesas vigas de madera del techo, y los armarios de roble tenían las marcas del paso del tiempo. La mesa y las sillas que había sobre las baldosas de piedra del suelo mostraban el mismo uso.

Sin embargo, lo más llamativo de todo era el hombre que tenía frente a sí. Dmitri estaba muy relajado, delante de los fuegos, removiendo algo que olía deliciosamente bien, con una botella de vino tinto abierta en la encimera y una copa medio llena. Seguramente, había estado tomando algunos sorbos mientras cocinaba.

Iba vestido de manera informal, con una camisa blanca y unos pantalones vaqueros desgastados. Tenía el pelo mojado de la ducha, y parecía mucho más joven, incluso más sexy, que antes.

¡Demonios!

Lily se había ido poniendo furiosa durante el tiempo que había pasado a solas en su habitación, mientras se secaba el pelo y se vestía, pero al ver a aquel Dmitri relajado y sonriente, volvió a sentirse atraída por él.

–¿Te apetece un poco de vino?

Lily dio un respingo al percatarse de que lo había estado mirando fijamente, sin darse cuenta de que, seguramente, él también la estaba observando a ella, y se habría fijado en que le ardían las mejillas, en que tenía los labios húmedos y ligeramente separados, y en que lo había devorado con los ojos.

¡Demonios, otra vez!

Aquel nombre la había encerrado en una jaula de oro, y ella no debería babear por él.

Lily cerró los ojos brevemente, y volvió a abrirlos.

–Gracias –dijo, y avanzó por la cocina hacia él–. La comida huele muy bien.

–Esperemos que esté rica –dijo Dmitri. Sacó una copa de uno de los armarios, sirvió vino y se la entregó a Lily.

Ella dio un sorbo y notó un líquido suave y delicioso en la boca. Era lógico que un hombre tan rico como Dmitri tuviera los mejores vinos en su bodega.

–¿Puedo preguntar en qué parte de Roma estamos?

–Por supuesto que sí –dijo él–. Estamos en el barrio de Parioli. Está en...

–Sé dónde está –dijo ella.

Lily también sabía lo que era: la zona residencial más prestigiosa y exclusiva de Roma. Era lógico. ¿Dónde iba a vivir un hombre como él?

Cuando había sacado el billete de avión, había

comprado varios libros sobre la ciudad para estudiar las diferentes zonas, sus monumentos y sus museos, y poder decidir qué lugares quería visitar mientras estuviera allí. La zona residencial de los ricos de Roma no era una de ellas.

Dmitri la miró con curiosidad.

–No parece que te guste la idea.

–Ni me gusta ni me disgusta. Las cosas son así –dijo ella, encogiéndose de hombros–. ¿Qué vamos a cenar?

–Espaguetis a la carbonara. Es...

–Sé lo que es, Dmitri. Hoy en día somos bastante cosmopolitas en Inglaterra, ¿sabes? ¡Incluso tenemos cubiertos para comer en las ocasiones especiales!

Dmitri había tenido la esperanza de que pudieran pasar una noche relajada y disfrutar de una conversación agradable mientras cenaban. Sin embargo, después de unos minutos, se dio cuenta de que ella estaba preparada para otra confrontación.

Ciertamente, no debería haber tomado su teléfono móvil sin decírselo, pero, cuando lo había visto en la cama, entre los otros artículos que había en su bolso, ella ya se había encerrado en el baño y había terminado con la conversación.

Dmitri suspiró de impaciencia al notar su hostilidad.

–Me acuerdo de haber comido en varios restaurantes italianos buenos mientras estudiaba en Oxford.

–Espero que se lo dijeras a los dueños. ¡Vaya golpe de suerte, conseguir una recomendación del conde de Scarletti en persona!

–En aquel momento todavía no era conde, Lily –le dijo él, en voz baja–. Mi padre no murió hasta el verano del año en que yo acabé en Oxford.

Ella se estremeció.

–Lo siento...

–¿Sí? –preguntó él sorprendido–. Me parecía que tal vez te agradara mi evidente tristeza por esa pérdida.

–¿De verdad? –inquirió Lily con irritación. Era normal que estuviera enfadada con Dmitri, pero nunca hubiera utilizado el dolor que sentía por la muerte de su padre como arma arrojadiza. Verdaderamente, aquella situación era extraña, pero ella nunca había sido una persona vengativa, y no iba a empezar a serlo en aquel momento–. Mis padres murieron en un accidente de tráfico cuando Felix y yo teníamos dieciocho años, así que no puedo sentir agrado al enterarme de que alguien sufriera la misma pérdida siendo tan joven.

–¿Ni siquiera yo?

–No, ni siquiera tú. Debías de ser muy joven cuando murió tu padre.

Dmitri asintió.

–Mi madre murió cuando yo tenía quince años, mi padre, cuando tenía veintiuno.

Lily pensó en lo que estaba haciendo ella a los veintiún años. Ya había terminado de estudiar todos los cursos de la carrera, y estaba preparándose para empezar un periodo de prácticas en una escuela y así poder conseguir la licenciatura en Magisterio. Había sido duro, pero no tenía nada que ver con las responsabilidades que habían caído sobre los hombros de Dmitri a aquella edad.

Oh, por el amor de Dios, era multimillonario. ¿Hasta qué punto habían sido duras las cosas para él?

Rápidamente, se apartó aquel pensamiento mezquino de la cabeza. Tal vez el dinero hubiera ayudado a amortiguar un poco la situación, pero, de todos modos, Dmitri había tenido que hacerse cargo de la custodia legal de su hermana pequeña, de todas las empresas de la familia y de toda la gente que trabajaba y vivía bajo el ala de los Scarletti.

Oh, magnífico. ¡Solo le faltaba empezar a sentir admiración por aquel hombre!

–¿Podemos cenar ya? –preguntó con brusquedad–. Me muero de hambre.

Se terminó la charla, pensó Dmitri con desazón. El tema de la conversación no había sido exactamente agradable, pero, al menos, había sido una conversación.

–¿Prefieres cenar aquí o arriba, en el comedor del palacio?

–No, yo prefiero que cenemos aquí, si no te importa.

–No me importa en absoluto –dijo él. Después, se volvió hacia la cazuela y sirvió una ración de pasta en un plato–. Y, si no lo consideras cocinar, ¿te importaría sacar el pan de ajo del horno? –le sugirió a Lily, con una sonrisa burlona, mientras llevaba los platos de pasta a la mesa.

–Creo que eso sí puedo hacerlo –dijo ella, con descaro.

Dmitri se giró justo en el momento en que Lily se agachaba para abrir el horno; obtuvo una perfecta visión de su trasero. ¡Algo que convirtió su apetito de comida en un apetito bien distinto!

Realmente, tenía un trasero precioso. Firme, con la redondez exacta para que un hombre pudiera abarcarlo con las manos mientras...

–¿Más vino? –preguntó de repente, con la voz ronca,

y se dirigió a la encimera para tomar la botella de vino con una expresión tirante. Después, sacó los cubiertos de un cajón.

–Eh... Sí, gracias.

Lily se irguió lentamente, mordiéndose el labio, y llevó el plato de pan de ajo a la mesa. Se sentía confusa por aquel súbito cambio de tono.

–¿Estás seguro de que no te importa que comamos en la cocina? –preguntó, mientras él separaba la silla de la mesa para que ella se sentara. Lily vaciló y esperó su respuesta.

A decir verdad, al analizar los pensamientos que acababa de tener con tan solo fijarse en su trasero, Dmitri pensó que no estaba seguro de si quería permanecer en la intimidad y la informalidad de la cocina. Su única preocupación en aquel momento debería ser el regreso de Claudia. ¡No debería estar imaginándose cómo podía sujetar el trasero de Lily mientras la tomaba encima de la mesa!

–Sí, completamente seguro –dijo, en tono cortante, y rodeó la mesa para ocupar la silla de enfrente, con el olor a limón y canela de su pelo incrustado en la nariz.

Y, cuando alzó la mirada, se dio cuenta de que ella lo estaba mirando con desconcierto, con sus enormes ojos azules llenos de confusión...

Unos ojos maravillosos, ciertamente. De hecho, Lily Barton era maravillosa en su totalidad, desde el pelo rubio platino hasta la blancura suave de su piel. Y en cuanto al atractivo de aquellos labios carnosos y rojos...

Una vez más, Dmitri tuvo que contenerse. Lily estaba allí en contra de su voluntad, así que no tenía por qué sentir simpatía ni confianza hacia él, y él no debía aumentar aquel antagonismo dejando claro que ella lo atraía físicamente.

–Come –le ordenó con tirantez.

Lily arqueó las cejas con una expresión llena de burla.

–¿Utilizas siempre ese tono de voz con las personas?

Dmitri cerró los ojos con disgusto. Después, volvió a abrirlos y la miró.

–Discúlpame. Esta situación me causa mucha angustia, y no soy yo mismo.

–¿Y, cuando eres tú mismo, eres mejor o peor que ahora?

–Espero, por lo menos, ser más amable.

–En ese caso, ¿te importaría intentarlo de nuevo?

Dmitri se relajó un poco.

–Por favor, empieza a comer antes de que se enfríe, Lily.

–Mucho mejor –dijo ella, con aprobación. Entonces, metió el tenedor entre los espaguetis y lo giró para intentar enrollar la pasta. Sin embargo, se le cayó al plato cuando intentó metérsela en la boca–. Demonios –murmuró, y lo intentó de nuevo.

Él se rio suavemente.

–Se hace así –le dijo, e hizo una demostración de cómo debía sujetarse el tenedor para que la pasta permaneciera en su sitio–. ¿Lo ves? –preguntó, y se metió la comida en la boca.

Lily sí lo veía; de hecho, se había quedado hipnotizada mirando aquella boca tan sensual. No obstante, la pasta siguió cayéndose de su tenedor cada vez que intentaba llevársela a la boca.

–Con este éxito, podría morirme de hambre –murmuró, al ver que los espaguetis volvían a resbalarse del tenedor–. ¡Será mejor que tome pan de ajo!

Tomó una rebanada y le dio un buen mordisco.

–Voy a enseñarte cómo se hace –dijo él, riéndose.

Se levantó de la silla, rodeó la mesa, se inclinó sobre ella y tomó el tenedor de entre sus dedos, que no se resistieron.

«Ha sido un error», pensó Lily, y se sintió muy tensa al notar que todas las terminaciones nerviosas de su cuerpo se ponían en alerta al notar la proximidad de Dmitri. Tampoco fue de ayuda el hecho de que, riéndose, pareciera mucho más joven, más accesible y más atractivo aún. Tenía casi la belleza de un niño. ¡Salvo que el conde Dmitri Scarletti no tenía nada de infantil!

Algo de lo que Lily era muy consciente en aquel momento, teniéndole tan cerca; su hombro cálido le rozaba un poco el hombro, la camisa blanca se le caía ligeramente hacia delante y permitía que ella pudiera ver, claramente, los músculos firmes de su pecho y su estómago, y el vello oscuro y ligero que le cubría el pecho y desaparecía, formando una uve, por debajo de la cintura de sus pantalones vaqueros.

Además, olía muy bien; llevaba una loción de afeitar muy agradable, pero masculina y fuerte.

¡Oh, Dios santo!

–Abre la boca, Lily –dijo él, animándola.

Lily lo miró con asombro. Y, entonces, se arrepintió de hacerlo, porque se dio cuenta de que su rostro estaba al mismo nivel que el suyo, y de que sus ojos se habían vuelto de un color verde oscuro. Notó su respiración como una suave caricia en la piel. Finalmente, se fijó en sus labios, mientras él le decía, con la voz ronca:

–Abre la boca.

Lily no pudo apartar la mirada de su rostro mientras obedecía lentamente; y, cuando él puso el tenedor con cuidado en su boca, percibió un delicioso sabor a carbonara.

–¡Oh, Dios mío! –susurró, cuando pudo hablar de nuevo–. ¡Está buenísimo! Deberías abrir un restaurante... No, claro. Eso no puede ser.

Al darse cuenta de lo ridícula que había sido sugerirle al conde Scarletti que abriera un restaurante, hizo una mueca.

Dmitri se había quedado embelesado con la expresión de deleite de Lily mientras comía la pasta, y se había excitado mucho al imaginarse aquella misma cara cuando estuviera en el punto más alto del placer físico. Los ojos cerrados. La garganta arqueada. Una sonrisa soñadora en los labios...

Gruñó suavemente al notar un deseo casi doloroso, y se irguió.

–Creo que ahora ya puedo hacerlo yo sola, Dmitri. Gracias.

La voz de Lily hizo que aquellos pensamientos sensuales se desvanecieran. Dejó el tenedor junto a su plato y fue a su silla. Lo mejor sería que se sentara antes de que Lily pudiera ver la prueba de su excitación...

Dmitri se dio cuenta, frunciendo el ceño, de que nunca le había ocurrido algo así; nunca se había sentido tan sumamente atraído por una mujer, ni tan rápidamente. Y no de cualquier mujer, sino de una mujer muy concreta.

Él había tenido muchas relaciones en su vida, pero eran acuerdos tácitos y breves que satisfacían las necesidades físicas de sus amantes, además de las suyas.

Además, no le exigían nada a cambio, salvo algún regalo, una joya o alguna pequeña muestra de interés.

Dmitri conocía a Lily desde hacía pocas horas, pero ya sabía que era el tipo de mujer que tiraría cualquier regalo a la cara a un hombre, si se lo hiciera en aquellas circunstancias.

El hecho de que él la tuviera encerrada en el palacio en contra de su voluntad, y que deseara repentinamente besarla y acariciarla, era una locura.

–¿Dmitri?

–¿Sí? –preguntó malhumoradamente, mirándola con los ojos entrecerrados.

Lily se apoyó en el respaldo de la silla y lo miró recelosamente, sin saber qué pensar de aquel cambio de humor. Hacía un momento estaba bromeando con ella, al momento siguiente parecía que iba a besarla y, al final, se había alejado de ella como si tuviera una enfermedad contagiosa.

Tal vez eso fuera lo que pensaba en realidad. También creía que Felix no era más que un cazador de fortunas.

Además, era imposible que el atractivo, rico y aristocrático conde Dmitri Scarletti hubiera estado a punto de besarla. ¿En qué estaba pensando ella? El hecho de que le ofreciera enseñarle a comer la pasta no era más que un detalle de amabilidad. El resto solo eran imaginaciones suyas. Lo más inteligente que podía hacer era quitarse aquellas cosas de la cabeza. Él nunca se permitiría sentir atracción por una mujer como ella.

Sin embargo, ella sí se sentía atraída por él.

No podía engañarse a sí misma; no podía pensar lo contrario. ¿Cómo iba a negar la atracción cuando estaba pendiente de todos sus movimientos?

De hecho, estaba peligrosamente cerca de enamorarse de él. De su belleza, de su forma de hablar y de moverse, incluso de su olor. Casi notaba dolor físico por el esfuerzo que tenía que hacer para resistir sus sentimientos.

Oh, demonios...

Capítulo 6

AFORTUNADAMENTE, cuando terminaron de cenar y de recoger los platos de la cena, Lily ya había dominado su imaginación. La cena había sido muy relajada; Dmitri le había contado algunas anécdotas divertidas del tiempo que había pasado estudiando en Inglaterra, sin duda, para conseguir que ella se tranquilizara.

También sirvió de ayuda tomar una botella de vino tinto.

De hecho, Lily estaba tan relajada que había empezado a olvidarse del motivo por el que tenía que estar allí con él. Al terminar de meter los platos en el lavavajillas, se sentaron de nuevo a la mesa a tomar queso y fruta.

–Bueno, ¿y por qué decidiste aprender kick-boxing? –le preguntó Dmitri con curiosidad.

Lily lo miró con ironía.

–Pues... mido un metro sesenta centímetros y no peso más de cincuenta kilos.

–Ah, lo entiendo –dijo él, sonriendo–. Y no cabe duda de que esa habilidad podría serte útil si alguna vez te vieras alojada en contra de tu voluntad en casa de un conde italiano.

Lily lo miró fijamente.

–Cuando empecé a practicar no me había imaginado esta situación. Y, sí, no cabe duda de que me resultaría útil. Es un arte marcial que no depende de la estatura ni del peso, sino de la habilidad de cada uno.

Dmitri frunció el ceño.

–Espero que creas lo que te dije antes: no voy a hacerte ningún daño. Mi enfrentamiento no es contigo, sino con tu hermano.

–Y yo te dije que no estoy preocupada.

–Sí –respondió él–. Es evidente que eres una joven acostumbrada a cuidar de sí misma.

Lily frunció el ceño al percibir una sutil crítica hacia su hermano en aquel comentario.

–¿Qué se supone que significa eso?

–Exactamente lo que he dicho –dijo Dmitri, encogiéndose de hombros.

Unos hombros anchos, musculosos, tan deliciosos que daban ganas de morderlos...

Bueno, bueno, seguramente había bebido demasiado vino durante la cena, porque, claramente, ¡había empezado a babear de nuevo!

–Como bien debes saber, en Inglaterra las cosas son distintas, Dmitri –dijo ella, cabeceando–. Tengo veintiséis años y no necesito a ningún hombre para que me cuide, y menos mi hermano pequeño, gracias –respondió, y se encogió al darse cuenta de lo que acababa de decir–. No es que te culpe por ser tan protector con Claudia. En absoluto. La situación es completamente distinta y, obviamente, tú has sido responsable de ella durante mucho tiempo... –se interrumpió cuando él se echó a reír–. ¿Estoy exagerando con la disculpa?

–Solo un poco –dijo él, sonriendo.

Y, como aquella sonrisa le produjo un cosquilleo en el estómago a Lily, se dio cuenta de que debía despedirse ya y subir a su habitación.

–No hemos tomado el postre –dijo Dmitri, de repente.

Lily se quedó sorprendida.

–¿El queso y la fruta no cuentan?

–No si el mejor helado del mundo está esperando a la vuelta de la esquina, *cara*.

Lily notó calor en las mejillas al reconocer aquella expresión cariñosa que significaba «querida». Tal vez no fuera ella la única que había tomado demasiado vino aquella noche...

Y, por otra parte... ¿Se lo había imaginado, o acababa de decirle Dmitri que el mejor helado del mundo estaba a la vuelta de la esquina? ¿Por qué iba a decir algo así, si se suponía que ella era su prisionera?

–¿Estás sugiriendo que salgamos a dar un paseo?

Dmitri se estremeció ligeramente.

–¿De verdad crees que estás prisionera en el palacio?

–Puede que lo crea porque en realidad es lo que soy –respondió ella, sin ambages.

–Yo no... –Dmitri se interrumpió y exhaló un largo suspiro–. Creo que he sido un poco torpe contigo antes.

–¿Solo lo crees?

Dmitri siguió mirándola durante un largo momento, con admiración por las cosas que ella había ido revelando sobre sí misma durante la cena, mientras charlaban. Seguramente, Lily ni siquiera se había dado cuenta, pero le había desvelado que se había tomado muy en serio su papel de hermana mayor desde la muerte de sus padres. Que no había tenido vacaciones desde hacía varios años, y que las últimas habían sido en Inglaterra. Que echaba mucho de menos a su hermano. Y, lo más importante de todo, que aquella estancia en Italia era algo inesperado para ella, y que había tenido que hacer un gran esfuerzo para poder pagársela con su pequeño sueldo de profesora.

Había esperado con impaciencia aquel viaje a Roma pero, al llegar, se había visto encerrada en un palacio sin haber tenido el más mínimo contacto con su hermano ni ver nada de la ciudad.

Y todo porque él había decretado que fuera así. Porque, debido a la preocupación que sentía por su hermana y su ira hacia Felix, había decidido castigar a la única persona que tenía a mano.

–No hay ninguna duda –dijo–. He sido muy injusto contigo.

Lily abrió los ojos como platos.

–¿Estás seguro de que no es el vino lo que te hace decir eso?

Él sonrió.

–El vino es como la leche materna para un italiano, Lily.

–¿De verdad?

–Sí. Bueno, ¿adónde te gustaría ir? –preguntó Dmitri.

Seguramente, «a la cama» no era la respuesta que debía darle en aquel momento.

–En todas las guías que he leído dicen que la Fontana di Trevi es espectacular por la noche.

–Pues sí –confirmó él. Se puso en pie y rodeó la mesa, con la evidente intención de mover la silla mientras ella se levantaba–. Y, por suerte, el mejor helado de Roma está en una de las esquinas de la plaza.

Ella lo miró con incertidumbre.

–¿Las heladerías están abiertas a estas horas?

–Por supuesto. Roma nunca duerme, Lily.

–¿Como Nueva York?

Dmitri negó con la cabeza.

–En mi opinión, Nueva York es una ciudad frenética, y Roma es romántica.

¡Oh, claro! ¡Lo que más necesitaba ella era dar un paseo romántico a la luz de la luna con aquel hombre tan impresionante, cuando tenía las defensas por los suelos!

–¿Por qué te has vuelto tan... agradable de repente, Dmitri?

–Creo que porque me he dado cuenta de lo poco agradable que he sido hasta ahora.

Lily se levantó lentamente. No confiaba demasiado en Dmitri, aunque se estuviera comportando de una forma tan relajada y encantadora. ¡Y mucho menos confiaba en sí misma, cuando él se había puesto casi... a jugar!

Por mucho que deseara salir del palacio, aunque solo fuera durante un rato, ¿no sería aquella falta de defensas suya una receta segura para el desastre? La luz de la luna. Un helado delicioso. La Fontana di Trevi. Dmitri Scarletti. Sobre todo, aquel último...

Se giró, con intención de decirle que había tenido un día muy largo y que pensaba que era mejor acostarse inmediatamente, pero se puso muy tensa al darse cuenta de lo cerca que estaba él. Dmitri no hizo ademán de separarse del respaldo de la silla, y Lily podía sentir el calor de su cuerpo y percibir su loción de afeitar y su olor masculino.

Pudo ver cómo se le oscurecían los ojos y su mirada se fijaba en sus propios labios, ligeramente separados...

Ella no podía respirar, y estaba segura de que no hubiera podido moverse bajo ningún concepto. De hecho, se sentía incapaz de apartar los ojos de aquella mirada intensa, y tuvo que tragar saliva para poder hablar.

–Es muy tarde, Dmitri –dijo Lily, pero no pudo seguir excusándose, porque él le rodeó la cintura con el brazo y la estrechó contra sí.

–Tienes razón, Lily –susurró –. Ya es demasiado tarde.

Entonces, inclinó lentamente la cabeza y la besó.

A Lily se le escapó un gruñido mientras él le abría la boca con los labios, habilidosamente, saboreándola. Él la estrechó entre sus brazos y aplastó sus senos contra los músculos duros de su pecho. Movió las manos por su espalda, descendiendo hasta que la agarró por las nalgas y la ciñó contra sí, fuertemente. A Lily comenzaron a temblarle las piernas al notar la palpitación de su miembro excitado contra el vientre.

Ella le clavó las yemas de los dedos en los hombros mientras él le besaba la garganta con los labios calientes, y arqueó el cuello hacia atrás para facilitarle el acceso. Le temblaban tanto las piernas que tuvo que aferrarse a él para no caerse al suelo.

Sentía el bombardeo de cientos de sensaciones. El calor y la fuerza abrumadora de aquel hombre le habían asaltado todos los sentidos y, al mismo tiempo, quería quitarle la camisa y poder acariciarle la piel. Acariciarle, besarlo, saborearlo.

¿Qué le estaba haciendo Dmitri? ¿Y cómo se lo estaba haciendo?

Ella nunca actuaba así. Nunca había sentido aquello con ninguno de los hombres con los que había salido. Nunca había deseado arrancarle la ropa a ninguno de ellos, desnudarse ella también y rogarle que la tomara. Allí mismo. ¡Sobre la mesa de la cocina, donde acababan de cenar!

¡Dmitri podía ser su postre! Por instinto, Lily supo que tendría un sabor exuberante y cremoso, pecaminoso, de hecho...

Sin pararse a pensarlo, comenzó a desabotonarle la camisa febrilmente, con la respiración entrecortada, y se la abrió. Miró con hambre sus músculos y lo acarició suavemente con los dedos. Él emitió un gruñido bajo mientras ella lo exploraba, mientras pasaba el dedo pulgar por su piel para ver el efecto que tenía en Dmitri. Él tenía los ojos muy brillantes y los pómulos sonrojados.

–¿Lily? –Dmitri no había pensado en besarla, y mucho menos en permitir que ella lo acariciara así.

Durante la comida, había sentido mucha atracción por ella. Se había fijado en su sonrisa, en su melancolía y su tristeza ocasional, que él había querido borrar. Se había sentido conquistado por su belleza, por su calor y por el olor a flores de su perfume. Y, después de probar la carnosidad de sus labios, quería más...

–Creo que no soy capaz de parar esto, *cara*... –le advirtió con suavidad. Sin embargo, no dejó de frotar su erección contra la blandura de su vientre.

Ella no debió de oír nada. Bajó la cabeza y posó los labios en su piel, y lo rozó con la lengua. Aquel pequeño contacto lanzó ráfagas de placer por todo el cuerpo de Dmitri.

Él le besó el cuello y se estrechó contra ella fuertemente, agarrándola por las nalgas, que se adaptaban perfectamente a sus manos, tal y como él había imaginado. La levantó hasta que estuvo encajado en el calor de entre sus piernas, y oyó que gruñía suavemente mientras comenzaba a moverse contra su punto más sensible.

Dmitri maldijo las capas de tela que los separaban.

Supo que, de no existir, él no podría detenerse, no podría evitar hundirse en su cuerpo, y que, una vez que lo hubiera hecho, habría perdido el control.

Sentó a Lily en el borde de la mesa y agarró el bajo de su jersey. Lentamente, comenzó a levantarlo, y su mirada quedó fija en sus pechos, vestidos de encaje negro, con unos pezones rosados y endurecidos bajo la delicada tela.

Quería probarlos. Necesitaba probarlos.

Estaba demasiado impaciente como para buscar el broche del sostén, así que tiró del encaje hacia abajo hasta que los pezones salieron de aquellas copas de tela, llenos y duros, y rodeados de una aréola rosa oscuro.

A Lily se le escapó un jadeo, y el jadeo se convirtió en un gimoteo cuando él atrapó con los labios uno de los pezones y comenzó a succionar. Al principio lo hizo con delicadeza, pero después aumentó la fuerza y lo tomó hambrientamente en la boca. Lily enterró los dedos en su pelo oscuro y espeso y lo sujetó contra su pecho, completamente perdida en el placer que se había adueñado de ella.

Hubo un suave sonido cuando él liberó el pezón. Tomó el pecho en una de las palmas de las manos y le pellizcó el pezón hinchado, tirando rítmicamente de él, mientras posaba la boca en el otro pecho. El roce de su lengua en el pezón y los juguetones pellizcos en el otro hicieron que Lily sintiera un calor intenso y doloroso entre los muslos. En su cuerpo se estaban acumulando oleadas y oleadas de placer, hasta que ella creyó que iba a estallar en mil pedazos.

–¡Acaríciame, Lily! –le pidió él, después de soltar su pezón con un gruñido. Ella notó el calor de su aliento en la piel–. Lily, Dios mío, necesito que me acaricies –le rogó; tomó una de sus manos y se la puso sobre los pantalones vaqueros, sobre su erección.

Lily sintió que latía y se hinchaba aún más al apretarle con la palma de la mano y acariciarlo rítmicamente. Su propio placer creció como un tornado y se descontroló al ver que él inclinaba la cabeza y aprisionaba de nuevo su pezón entre los labios. En aquella ocasión, la mordisqueó sensualmente.

Tal y como se había imaginado, resultaba muy erótico ver el contraste entre la piel de Dmitri, mucho más oscura, y la suya, muy pálida. Sus pestañas eran como una sombra oscura contra el rubor de sus mejillas, y el pelo revuelto le caía sobre la frente.

–¿Qué...?

Lily emitió un gemido de protesta cuando Dmitri se quedó paralizado contra su pecho, y tardó varios segundos en entender qué ocurría. Finalmente, ella también lo oyó: era una suave música de Mozart. El tono que había elegido para su teléfono.

Aquello fue como un jarro de agua fría que cayó sobre ambos.

Dmitri bajó los brazos y dio un paso atrás, con un gesto de contrariedad, mirándola con los ojos verdes muy oscurecidos.

De repente, Lily se dio cuenta de lo desvergonzada que debía de parecer, con las piernas separadas, el jersey subido hasta el cuello y los pechos desnudos sobre las copas del sujetador.

¡Oh, Dios!

Dmitri la miró con los ojos entrecerrados mientras ella se arreglaba la ropa rápidamente y tomaba su bolso para buscar el teléfono móvil. La espesa cortina de su melena caía por delante de su cara y ocultaba su rubor.

¿Qué acababa de ocurrir?

¿Por qué acababa de ocurrir?

Ella era una mujer guapa, pero también era la hermana de Felix Barton. La única mujer del mundo con la que Dmitri no debería tener una aventura.

–¿Diga?

Dmitri la observó como un depredador que hubiera olfateado a una presa mientras Lily respondía la llamada. ¡Tenía que ser Felix! ¿Quién la telefonearía a aquellas horas de la noche, sino su hermano?

–¡Eh! –protestó Lily, cuando él le quitó el teléfono de la mano y se lo puso al oído–. ¡Dmitri!

–¿Es usted, Barton? –dijo, y alzó la otra mano con la obvia intención de acallar a Lily mientras escuchaba–. ¿Quién es? –preguntó con brusquedad.

–Obviamente, no es Felix –le espetó Lily, mientras le arrebataba el móvil–. Sí. Lo siento, Danny –dijo, lanzándole una mirada fulminante a Dmitri–. Oh, es un... amigo de mi hermano. No, no parece muy simpático, ¿verdad? –añadió, con una risa forzada, y Dmitri le devolvió la mirada mientras, lentamente, se abotonaba la camisa–. Oye, ¿te importaría que te llamara mañana? En este momento estoy un poco liada, y... Sí, claro que te llamo. De acuerdo. Adiós, Danny.

Hubo un silencio tenso en la cocina mientras ella colgaba y guardaba el móvil en su bolso. Lily estaba demasiado anonadada por lo que había ocurrido, y sentía un cosquilleo por todo el cuerpo a causa de aquel estallido de pasión; ese era el motivo por el que casi no podía hablar. Sin embargo, no sabía el motivo por el que él se había quedado callado de repente.

Podría ser por varias cosas: por la decepción de que la llamada no fuera de Felix, o tal vez porque estuviera disgustado por lo que había ocurrido entre ellos. O puede que fuera la suma de ambas cosas. Lily no estaba muy orgullosa de su desvergonzado comportamiento.

–¿Quién es Danny?

Ella miró a Dmitri con asombro.

–¿Disculpa?

–Que quién es Danny –repitió él, con los dientes apretados.

Aunque quizá hubiera un tercer motivo posible para aquel silencio acusatorio de Dmitri...

Lily no creía que él estuviera celoso porque ella hubiera recibido una llamada de otro hombre. Más bien, pensaba que él sentía desprecio por el hecho de que ella hubiera permitido que las cosas llegaran tan lejos entre ellos cuando, obviamente, ya había un hombre en su vida. Salvo que, en realidad, no lo había...

–Es un amigo –dijo.

Dmitri arqueó las cejas con escepticismo.

–¿Y tus amigos te llaman a las diez y media de la noche cuando estás de vacaciones?

–Es evidente que sí, porque uno de ellos acaba de hacerlo –replicó ella, y se encogió de hombros.

Dmitri la observó atentamente.

–¿Uno de ellos? ¿Cuántos amigos tienes?

Lily se ruborizó al percibir el tono desdeñoso de su voz.

–Muchos, en realidad –respondió.

–Ah, ya entiendo –dijo él, frunciendo los labios con desaprobación.

–No, no creo que lo entiendas –respondió ella; sabía que estaban atribuyéndole significados muy distintos a la palabra «amigo». Sin embargo, no tenía intención de darle explicaciones a un hombre que la estaba mirando con tanto desprecio.

Él siguió observándola un instante. Después, se dio la vuelta.

–Si me disculpas, tengo algunos documentos en mi despacho que requieren mi atención antes de mañana.

–Muy bien, entonces, yo tengo que recoger la cocina, ¿no? –replicó Lily; no estaba en absoluto sorprendida de que él hubiera olvidado su paseo romántico a la luz de la luna, después de aquel estallido de deseo.

Dmitri miró la mesa en la que acababan de cenar. Y en la que había besado a Lily tan apasionadamente, tan íntimamente.

Una de las copas de vino, la suya, que por suerte estaba vacía, se había caído sobre el plato de queso, y había varias piezas de fruta tiradas sobre el mantel. Los platos estaban descolocados.

¡Increíble!

Dmitri cerró los ojos para no ver la escena. Aquella falta de control era algo totalmente ajeno a él. Sus compromisos y la gran responsabilidad que había sobre sus hombros le impedían tener aquel comportamiento impulsivo e imprudente. Y eso, añadido al hecho de que hubiera actuado así con la hermana de un hombre que había perdido su confianza, hacía que aquel lapso fuera doblemente inaceptable por su parte.

Respiró profundamente antes de contestar.

–Me parece lo justo, ya que yo hice la cena –dijo, y arqueó una ceja a modo de desafío.

Lily tuvo que reconocer que era cierto. Dmitri había hecho una cena deliciosa. Era una lástima que la comida se le hubiera convertido en una piedra en el estómago.

–De acuerdo –dijo ella, secamente–. Entonces, hasta mañana.

Él asintió.

–Si quieres nadar un poco antes del desayuno, hay una piscina climatizada en el ala este del palacio.

¿El palacio también tenía piscina climatizada? ¿Por qué le sorprendía aquello? Aquel edificio era lo suficientemente grande como para albergar un campo de fútbol.

–Como estamos en diciembre, no se me ocurrió meter el bañador en la maleta para llevármelo a Roma –dijo Lily.

–A mí no me importa que nades desnuda –dijo él, y pasó una mirada ardiente por todo su cuerpo, de los pies a la cabeza, antes de detenerse en su rostro ruborizado.

–¡Pues a mí sí! –exclamó Lily.

Dmitri se encogió de hombros y se encaminó hacia la puerta para salir al pasillo.

–La oferta sigue en pie, si cambias de opinión.

–No voy a cambiar de opinión –dijo ella.

Ya se había comportado de un modo suficientemente imprudente con aquel hombre, ¡y no debía buscarse más problemas nadando desnuda!

No sabía qué pensaba Dmitri de ella después de que se hubiera comportado tan desvergonzadamente.

–¿No te llevas el teléfono móvil esta vez? –le preguntó Lily, sin poder resistirse. Sin embargo, se arrepintió al instante de habérselo recordado, puesto que aquel era su único medio para comunicarse con el exterior del palacio.

Él se puso rígido y se giró hacia ella, desde la puerta. La miró especulativamente.

–Si tu hermano te llama o te envía un mensaje de texto, ¿me lo dirías?

–Sí, por supuesto que te lo diría –le aseguró ella.

Ni siquiera tuvo que pensar en la respuesta; sabía que, bajo la fachada arrogante de Dmitri había una genuina preocupación por su hermana, y sería muy cruel por su parte no decirle nada si tenía noticias de la pareja fugitiva.

Él asintió.

–Entonces, puedes quedarte el teléfono.

–Qué amable por tu parte –dijo ella.

Él sonrió sin ganas.

–Sí, es verdad. Buenas noches, Lily.

–Buenas noches, Dmitri.

Lily esperó a que él se hubiera marchado y, lentamente, se sentó en una de las sillas de la cocina, se tapó las mejillas ardientes con las palmas de las manos y sintió el bombardeo del recuerdo de aquellos excitantes momentos que había pasado en sus brazos...

Cuarenta y ocho.

Dmitri siguió contando los largos que hacía en la piscina mientras se impulsaba para alejarse de uno de los bordes y continuaba nadando vigorosamente hacia el otro lado.

Cuarenta y nueve.

Ni el ejercicio ni el agua tibia habían podido calmar su ardor, el que había acumulado una hora antes en la cocina, con Lily. Al salir de la cocina no había ido a su despacho, tal y como pensaba hacer, sino que había decidido seguir su propia sugerencia y nadar un rato. Estaba seguro de que Lily no tenía intención de aceptar la oferta. El hecho de que ella estuviera allí, con o sin bañador, sería contraproducente para él.

Cincuenta.

Además, todo aquel ejercicio que estaba haciendo

para castigarse a sí mismo no le servía para entender ni aceptar la respuesta que había tenido hacia Lily.

Cincuenta y uno.

Era muy guapa, sí, pero él había conocido a muchas mujeres bellísimas durante sus treinta y seis años de vida. Así pues, ella tenía algo muy especial que le había empujado a besarla y acariciarla sin poder contenerse... ¡en la mesa de la cocina, donde acababan de cenar!

Cincuenta y dos.

¿Y quién era aquel hombre, Danny? ¿Qué significaba para Lily? Ella había dicho que era un amigo, pero ¿qué tipo de amigo iba a llamarla tan tarde por la noche? Y, además, cuando ella estaba en otro país...

Cincuenta y tres.

¿Y por qué tenía que importarle a él quién era el tal Danny, o qué lugar ocupaba en la vida de Lily? Evidentemente, no debería importarle nada, salvo por el detalle de que ella no había dado ninguna señal de que hubiera un hombre en su vida...

Cincuenta y cuatro.

No debería importarle que Lily le hubiera mentido. ¿Por qué iba a importarle? Ella no significaba nada para él. Solo era la molesta hermana del hombre que se había fugado para casarse con Claudia.

Cincuenta y cinco...

Dmitri se detuvo en seco, al ver que se encendían unas luces rojas en el panel de seguridad que había junto a la puerta del recinto de la piscina. Aquellas luces solo se encendían cuando había algún intruso intentando entrar en el palacio.

O cuando alguien estaba intentando salir...

Capítulo 7

QUÉ pensabas que ibas a conseguir? –preguntó Dmitri, gruñendo, mientras le vendaba un corte en la mano a Lily.

Ella estaba sentada frente a él, en una de las sillas de la cocina. Se encogió de dolor, pero no por el corte, sino por el evidente tono de disgusto de Dmitri al preguntarle por qué había roto la ventana pequeña de la cocina para intentar salir del palacio.

Al mirar atrás, no había sido tan buena idea, evidentemente.

Lily había recogido la cocina y había subido a su habitación. Allí, había sentido instantáneamente la angustia del confinamiento y, también, una intensa vergüenza por cómo se había comportado, por su falta de inhibición.

Ella nunca se comportaba de aquel modo con ningún hombre. Y menos con uno que la tenía prisionera, aunque en una cárcel muy lujosa. Y, al pensar en que tendría que verlo a la mañana siguiente, durante el desayuno, se había sentido muy mortificada.

Así pues, la solución más evidente para su problema era salir del palacio y alejarse de su tentador y atractivo dueño.

Aquella era una idea muy buena, en teoría, pero muy mala en la práctica.

Había sido muy fácil acercar una de las sillas de la

cocina hacia la pequeña ventana que había sobre el fregadero de la cocina. De hecho, era demasiado fácil, pero Lily había caído en ello cuando ya era tarde...

Al romper el cristal de la ventana, había saltado una alarma en la oficina de la empresa de seguridad sin que ella lo supiera. Y desde la compañía de seguridad habían dado aviso a la policía.

Lily casi no había tenido tiempo de apartar todos los cristales para poder salir por la ventana, cortándose la mano mientras lo hacía, cuando habían saltado sobre ella media docena de hombres. ¡Cuatro de la empresa de seguridad y dos policías!

Para ella era imposible explicar en italiano que no estaba intentando entrar al palacio, sino salir de él, y aquellos hombres no hablaban inglés. Así pues, había tenido que ser Dmitri, que había aparecido envuelto en una toalla, quien diera explicaciones a los vigilantes y a los policías. Aunque, por supuesto, ella no entendiera lo que les estaba diciendo.

¿Cómo les había explicado que una mujer estaba intentando salir de su casa? ¡Sobre todo, teniendo en cuenta que iba cubierto tan solo con una toalla alrededor de la cintura!

Y así continuaba mientras le vendaba la mano.

Si se había sentido mortificada antes, no era nada comparado con la humillación que sentía en aquel momento. La policía y los vigilantes de seguridad se habían marchado después de cubrir la ventana temporalmente y, de nuevo, ella se había quedado a solas con Dmitri.

–¿Y bien? –le preguntó él, con impaciencia, mientras le ataba los extremos de la venda antes de alejarse un poco.

–¿Y bien, qué? –inquirió ella, sin mirarlo de frente.

Dmitri soltó un resoplido y la miró con el ceño fruncido.

–¿Es que no se te ocurrió pensar que rompiendo una ventana ibas a hacer saltar el sistema de seguridad?

–¡Por supuesto que se me ocurrió! Lo que pasa es que creía que iba a tener tiempo de salir de aquí sana y salva antes de que nadie respondiera. Y lo hubiera conseguido, de no ser porque tenía que encontrar algo para vendarme la mano –replicó ella con irritación.

Él cabeceó.

–¿Adónde ibas a ir? Lily, no hay ningún sitio en Roma en el que yo no pueda encontrarte si quiero hacerlo –le explicó.

–Ah... ya. ¡Bueno, no puedes culparme por intentarlo!

–¡Claro que puedo, porque he tenido que decirle mentiras a la policía!

Lily lo miró con curiosidad.

–¿Qué mentiras les has dicho?

Él puso cara de pocos amigos.

–Les he dicho que tú y yo hemos tenido una pelea de enamorados, que yo me fui de la cocina y te dejé aquí, y que tú tiraste algo a la ventana en un arranque de furia y la rompiste.

Ella abrió unos ojos como platos.

–¡Yo no tengo arranques de furia!

–Por suerte, ellos no lo saben.

–¿Y te han creído?

–Seguramente, no –admitió Dmitri.

–No, yo diría que no –dijo Lily–. Si hubiéramos discutido y yo me hubiera enfadado tanto como para tirar algo, te lo habría tirado a ti, ¡no a la ventana!

–Eso ya lo sé, pero los vigilantes de seguridad y

los policías no, y haciendo gala de inteligencia, decidieron creerse mi versión romántica de lo ocurrido.

Eso explicaba el motivo de las sonrisas y los guiños de los vigilantes de seguridad antes de marcharse.

–Así que os habéis reído de la dama en apuros, ¿eh? –preguntó ella, levantándose de la silla bruscamente.

Dmitri la atravesó con la mirada.

–Te aseguro que esta situación no es nada divertida para mí.

–¡Pues ya somos dos! –replicó ella.

Dmitri se preguntó si había algo que pudiera hacer vacilar la determinación de aquella mujer.

Sí, por supuesto que sí. Era evidente que lo que había ocurrido entre ellos después de la cena la había alterado tanto que había intentado escaparse del palacio.

Dmitri todavía se estremecía por dentro al recordar el momento en el que había entrado en la cocina y había visto a una Lily muy vulnerable, rodeada por un grupo de hombres, con la mano ensangrentada.

Porque ella quería alejarse de él.

Porque estaba tan conmocionada por la intimidad de lo que habían compartido que no deseaba quedarse allí y exponerse a que volviera a suceder.

Tenía que reconocer que las circunstancias eran muy poco comunes, y que permitir que tuviera lugar aquel episodio de pasión descontrolada no había sido inteligente por su parte, pero Dmitri no recordaba que ninguna mujer hubiera estado tan desesperada por huir de él, ¡como si la persiguiera el mismo demonio!

La miró pensativamente.

–¿Acaso estás tan empeñada en marcharte de aquí que estás dispuesta a hacerte daño con tal de conseguirlo?

Ella arqueó las cejas.

–Es evidente que mi intención era escapar de aquí, no hacerme ninguna herida.

–Todavía no estoy seguro de que no necesites algunos puntos de sutura en ese corte...

–No te preocupes, me curo muy rápidamente –dijo ella, y se puso la mano detrás de la espalda, con la esperanza de que él dejara de prestarle atención. Aunque, conociéndolo, Lily dudaba que pudiera conseguir aquel objetivo–. ¿Podemos irnos a la cama ya? Es decir... –se interrumpió con azoramiento por lo que acababa de decir, y notó que le ardían las mejillas–. Me voy a la cama –se corrigió–. Sola. Tú puedes hacer lo que quieras.

–Vaya, es todo un detalle por tu parte –dijo él, secamente.

–Estoy cansada, me duele la mano y me siento un poco avergonzada por haber hecho que viniera la policía...

–¿Solo un poco?

–Solo un poco –reiteró Lily–. Y, además, estoy de muy mal humor. ¿Acaso quieres seguir discutiendo conmigo?

Él suspiró.

–Cuando haya venido el cristalero y haya arreglado la ventana, mañana por la mañana, te llevaré a cualquier sitio al que desees ir.

–¿Estás sugiriendo que vayamos a dar un paseo a la Fontana di Trevi y a tomar un helado? –preguntó ella, sardónicamente.

–No –respondió él con los dientes apretados–. Quiero decir que te llevaré a un hotel, si quieres.

Lily abrió mucho los ojos.

–¿De verdad?

–Sí, de verdad.

–¿Y qué pasa con Claudia y Felix?

A él se le oscureció el semblante con la sola mención de los amantes.

–Tendré que arreglármelas para encontrarlos de otra manera.

–¿Y cómo?

–¡Todavía no lo sé! –respondió él con enfado–. Solo sé que tengo que intentarlo.

¿Porque Lily había provocado una situación muy embarazosa para él al intentar salir por la ventana? ¿O porque de veras lamentaba tenerla allí prisionera, cuando ella quería estar en otro lugar? De cualquier modo...

–¿Tienes frío? –le preguntó ella. Estaba segura de que acababa de verlo estremecerse. O, tal vez, solo fuera un escalofrío de repulsión al recordar que la policía y unos cuantos vigilantes de seguridad acababan de invadir su casa en mitad de la noche.

–¿Y por qué iba a tener frío? –preguntó él, burlonamente–. Después de todo, estamos en diciembre, es la una de la madrugada, tengo rota la ventana de la cocina y solo llevo una toalla. ¿Por qué iba a tener frío?

–No es necesario que te pongas sarcástico –dijo ella, con indignación.

–Claro que es necesario –dijo él. Después, exhaló un largo suspiro–. Dime, Lily, ¿te suceden este tipo de cosas en Inglaterra?

Ella lo miró con cara de confusión.

–¿Qué tipo de cosas?

Dmitri arqueó las cejas.

–Que te secuestre un conde italiano. Que te bese apasionadamente sobre la mesa de la cocina –dijo. Y, después de la incomodidad que había sufrido durante la última hora, tuvo la satisfacción de ver que ella se ruborizaba–. Intentar escaparte de un palacio por una ventana. Que te interrogue la policía.

Ella siguió muy colorada.

–En Inglaterra no hay muchos condes italianos que me obliguen a quedarme en su palacio. Y la policía no ha podido interrogarme porque no hablo italiano y ellos no hablaban inglés. Así que la respuesta es no, Dmitri, no me suceden estas cosas en Inglaterra.

Dmitri se dio cuenta de que no había mencionado el apasionado encuentro sobre la mesa de la cocina. ¿Porque eso sí le había ocurrido en Inglaterra? ¿O porque estaba avergonzada de que hubiera ocurrido?

–Por favor, ve a acostarte, Lily –le dijo, apretando la mandíbula.

Ella negó con la cabeza.

–No. Ve a ponerte algo de ropa mientras te hago un café caliente –respondió ella, acercándose a la cafetera. La llenó de agua y, después, fue a la nevera a sacar el café molido–. Aunque no entiendo por qué estabas dándote una ducha a la una de la mañana, pero bueno.

–No estaba dándome ninguna ducha –replicó Dmitri.

Frunció el ceño mientras ella continuaba preparando el café. Estaba acostumbrado a que la gente hiciera lo que él decía cuando lo decía, pero no parecía que a Lily le preocupara demasiado.

Se giró hacia él, y le preguntó:

–Entonces, ¿qué estabas haciendo?

Dmitri tampoco estaba acostumbrado a que nadie cuestionara sus acciones, pero ella no dudaba en hacerlo. Para él, aquello era irritante, pero también algo muy nuevo y refrescante...

Durante quince años, él había dicho y hecho exactamente lo que quería, sin recibir la más mínima crítica ni cuestión por parte de nadie. El hecho de que una mujer menuda que parecía una adolescente, y que tenía una lengua afilada, lo sometiera a su curiosidad era algo muy sorprendente. Era como haber vivido entre ovejas toda la vida y, de repente, verse frente a una leona.

–¿Dmitri?

–¿Sí?

–Te he preguntado que dónde estabas cuando saltó la alarma de seguridad.

–En la piscina –respondió él.

«Intentando calmarme», pensó. Aunque, en realidad, aquello no había sido más que un ejercicio inútil, porque en aquel momento, al verse de nuevo en compañía de Lily, estaba excitándose otra vez.

–Ah –murmuró ella–. Entonces, ¿no estás completamente desnudo debajo de la toalla?

En aquella ocasión, Dmitri no pudo contener la sonrisa.

–No, no estoy completamente desnudo.

Ella se quedó mirándolo, absorta, segura de que él tenía un cuerpo delgado y musculoso que solo iba cubierto por un bañador negro y ceñido de nadador, y que...

No. No podía seguir pensando en eso. Lo que él llevara cuando hacía deporte no tenía ningún interés para ella.

¡Mentirosa!

¡Lo que él llevara, y su aspecto, le interesaban más de lo debido!

Al darse cuenta de que él la estaba mirando con un brillo burlón en los ojos, ella se giró de nuevo hacia la cafetera.

–El café no tardará nada –anunció alegremente, después de comprobar la cafetera.

–Muy bien. ¿Esa es la indirecta para que me vaya a mi habitación y me vista? –murmuró él, suavemente.

¡Era una indirecta para que se marchara a cualquier sitio! A cualquier sitio. Siempre y cuando fuera lejos de aquella cocina.

–Bueno, si no quieres seguir teniendo frío, sí –dijo ella, encogiéndose de hombros con una indiferencia fingida.

Sin embargo, no consiguió convencerlo de su sinceridad, porque él se echó a reír suavemente. Al ver cómo intentaba resistirse a la atracción que había entre los dos, Dmitri pensó que Lily era, realmente, una mujer muy distinta a todas las que había conocido. Pero... dejar que aquella atracción continuara aumentando no estaba en su lista de prioridades, precisamente.

–No te quedes levantada si prefieres acostarte –le dijo él.

Ella enarcó las cejas.

–A mí también me gustaría tomar un poco de café, a menos que tú prefieras lo contrario.

Dmitri apretó los dientes al pensar en que ella iba a continuar allí cuando volviera. Estaría esperándolo...

–¿Y por qué iba a querer yo que te marcharas?

–No sé... –dijo ella, encogiéndose de hombros–. Me ha parecido que preferías estar a solas.

Dmitri estaba acostumbrado a estar solo. Claudia todavía vivía en el palacio, sí, pero se levantaba tarde por las mañanas, mientras que él madrugaba mucho, así que casi nunca desayunaban juntos. Su hermana salía casi todas las noches, ¡últimamente, debía de haber salido con Felix! Y él estaba en su despacho todo el día, hasta bien entrada la noche. En realidad, su hermana y él llevaban vidas completamente separadas.

De hecho, Dmitri no se acordaba de la última vez que había pasado tanto tiempo con una persona con la que no tuviera parentesco o una relación de negocios.

Incluso sus relaciones físicas se producían con la mínima socialización. Dmitri tenía la costumbre de pasar solo una noche con sus amantes. La satisfacción sexual era una cosa, pero desayunar o pasar el día siguiente con una de aquellas mujeres nunca le había resultado apetecible.

Así pues, aquel tiempo tan prolongado que estaba pasando en compañía de Lily era algo poco común para él. Tal vez debiera haberlo pensado antes de llevarla allí...

–Si tardas tanto en responder, es obvio que yo tenía razón –dijo Lily con consternación–. No te preocupes, voy a servirme una taza de café y me subiré a mi habitación antes de que tú vuelvas...

–Solo he tardado en hablar porque me ha parecido ridículo tener que responder a eso –dijo Dmitri.

–¿Ridículo? –repitió Lily, lentamente, mirándolo con recelo mientras esperaba una de sus respuestas cortantes. ¿La decepcionaría?

Él se encogió de hombros.

–Sí, ridículo, porque no veo que sea relevante para mí si te tomas el café en la cocina o en tu habitación.

¡Vaya!

Lily arqueó las cejas y no se dejó amedrentar.

–¿Por qué te pones de mal humor?

Vio que él cerraba los ojos brevemente, como si pudiera apartarla de su presencia con aquel gesto o, tal vez, con la esperanza de que ella hubiera desaparecido cuando volviera a abrirlos.

¡Ni hablar!

–Sigo aquí, Dmitri –dijo ella, provocándolo suavemente.

Él abrió los ojos y le clavó la mirada.

–Sí, ya lo sé –dijo, y respiró profundamente–. Ahora vuelvo a por mi café –añadió.

Después, salió de la cocina con toda dignidad y orgullo, pese a que no llevaba más que una toalla alrededor de la cintura.

Y Lily se quedó allí, decidiendo si debía subir a su habitación o quedarse exactamente donde estaba...

Capítulo 8

ENTONCES, después de todo, ¿anoche decidiste subirte a tu habitación con la taza de café? –le preguntó Dmitri al día siguiente, mientras se sentaba frente a ella en la mesa del desayuno. Eran las siete y media, pero Lily ya estaba tomando un café y una tostada.

Al instante, Lily se acordó de que, la noche anterior, había tomado el camino de los cobardes y no había esperado a que Dmitri volviera de su habitación...

En aquel momento, había pensado que, seguramente, la cautela era lo mejor, porque no confiaba tanto en sí misma como para pasar más tiempo con la provocativa e inquietante presencia de Dmitri.

Dejó la taza de café, cuidadosamente, sobre el plato, y siguió mirando hacia abajo, a la mesa, mientras respondía.

–Estaba muy cansada del viaje, y de todas las emociones del día.

–Bueno, supongo que es una manera de decirlo –respondió él.

Lily alzó la cabeza con un gesto hosco, pero, al mirarlo por primera vez, abrió mucho los ojos. Dmitri llevaba unos pantalones vaqueros desgastados y un jersey negro de cachemir que marcaba a la perfección la anchura de sus hombros. Llevaba las mangas recogidas hasta los codos, de modo que ella pudo admirar la fuerza de sus brazos y sus muñecas...

Oh, Dios santo... No podía ser tan tonta como para que hasta sus brazos y sus muñecas le parecieran irresistibles, ¿verdad?

Ella esperaba verlo vestido de traje, listo para ir a su despacho para continuar con su búsqueda de Claudia y Felix. Después de llevarla a ella a un hotel, por supuesto.

–Me estaba refiriendo a la visita de la policía de anoche –le dijo.

–Sin duda, será una historia muy interesante para que se la cuentes a tus amigos cuando vuelvas a Inglaterra –dijo Dmitri irónicamente, mientras se sentaba y se servía una taza de café de la cafetera, que estaba en el centro de la mesa.

Lily se irritó.

–Si piensas que disfruté de un solo momento de ese incidente, estás muy equivocado. De hecho, prefiero no volver a acordarme.

Dmitri no se alteró lo más mínimo. Tomó un sorbo de café antes de responder.

–¿Ni siquiera para contarles un cuento divertido a tus nietos, algún día?

–¿De la noche en que intenté escaparme, sin éxito, del palacio de un conde italiano? –preguntó Lily, airadamente.

Él sonrió.

–Exacto.

Lily hizo una mueca.

–Creo que no, gracias.

Sobre todo, teniendo en cuenta que sus nietos podrían preguntarle qué estaba haciendo en aquel palacio, para empezar. Aquella situación no solo hablaba mal de Felix, sino que su propio comportamiento había sido menos que adecuado para contárselo a sus hijos ni a sus nietos en el futuro.

Dmitri sabía que no debería estar disfrutando de la evidente incomodidad de Lily, pero después de haber dormido tan poco aquella noche, no sentía ninguna piedad por ella.

Aquella insatisfacción había comenzado al bajar a la cocina, la noche anterior, y descubrir que ella le había tomado la palabra y se había ido a su habitación. Entonces, se había preguntado si, pese a que él le había dicho que iba a llevarla a un hotel al día siguiente, ella se había ido a la cama o estaba maquinando alguna forma de salir del palacio sin ser descubierta.

De modo que, cuando por fin había subido a su habitación, había sido incapaz de conciliar el sueño y se había quedado mirando el panel de seguridad del dormitorio, por si la alarma volvía a saltar. Incluso cuando había conseguido quedarse dormido, había estado medio escuchando por si alguien se movía sigilosamente por el pasillo.

Y, al bajar a la cocina para desayunar aquella mañana y encontrársela sentada tranquilamente a la mesa, disfrutando de su café y con cara de haber descansado perfectamente, su irritación había aumentado.

–Como quieras –dijo, secamente–. El cristalero llegará enseguida y, mientras, yo tengo que hacer algunas llamadas de teléfono.

–¿En relación a Claudia y Felix?

Él apretó los labios.

–Pues sí, da la casualidad de que sí. Entiendo que tú no has tenido, todavía, ninguna noticia de tu hermano.

–No –dijo Lily.

Ella también estaba empezando a sentirse un poco más que molesta con Felix. Su hermano había desaparecido, y no se había preocupado de comprobar si ella había recibido a tiempo su mensaje y había cancelado el viaje a Roma. Y, para empeorar las cosas, aquella era la mañana del día de Nochebuena.

–Cuando el cristalero termine de poner el cristal, te llevaré a un hotel, si te parece bien –le dijo él.

–Sí, por supuesto que sí –respondió ella–. Es evidente que no tengo otros planes para hoy.

–Es evidente –repitió él.

–Pero también puedo tomar un taxi para ir al hotel, en vez de causarte molestias. Más molestias –dijo Lily, corrigiéndose al ver que él arqueaba una ceja.

Dmitri sonrió forzadamente.

–No es ningún problema, te lo aseguro.

Lily sonrió también.

–Sin duda, te pondrás muy contento al perderme de vista.

–Sin duda.

«Bueno, tú misma se lo has preguntado», se dijo Lily. Después, con un suspiro, preguntó:

–¿Puedo ayudarte en algo?

Dmitri la miró con frialdad.

–¿En qué?

–Por ejemplo, haciendo algunas llamadas de teléfono. Bueno, no... no podría, porque no hablo italiano –dijo con consternación Lily–. ¡Tiene que haber algo que yo pueda hacer!

Él frunció los labios.

–A mí no se me ocurre nada.

Maravilloso. Además de todo, Lily se sentía completamente innecesaria. Y lo era, en realidad.

No era ninguna sorpresa que Dmitri quisiera librarse de ella una vez que había constatado que, en vez de facilitarle el contacto con Felix, se hubiera convertido en una molestia. Una molestia que, la noche anterior, había provocado la aparición de los vigilantes de la empresa de seguridad y de la policía en su casa, y que había hecho necesario que un cristalero reemplazara el cristal de una ventana.

Sin embargo, ¿tenía ella tantas ganas de irse como él de perderla de vista?

Aquella era una pregunta interesante. Una pregunta que ella no había sido capaz de responder la noche anterior, mientras estaba acostada, en vela, ni aquella mañana, al bajar a la cocina a prepararse el desayuno.

Era cierto que, al principio, había tenido que quedarse allí en contra de su voluntad, y que, si Dmitri había accedido a llevarla a un hotel aquella misma mañana, eso era lo que ella había estado pidiendo desde el principio.

Pero, una vez que se marchara, era muy improbable que volviera a verlo.

Lo cual era muy bueno, ¿no?

¡Eso era lo que todavía estaba tratando de decidir!

Se puso en pie.

–Voy a recoger la mesa y, después, a hacer la maleta –dijo, evitando mirarlo, mientras llevaba su plato y su taza al fregadero.

Dmitri la observó mientras atravesaba la cocina. Lily llevaba un jersey ajustado, de color azul claro, que hacía juego con sus ojos a la perfección. Llevaba la melena de color platino suelta por la espalda. Los pantalones vaqueros negros se le adaptaron deliciosamente al trasero cuando se agachó a meter la vajilla en el lavaplatos.

El sentido común le dijo a Dmitri que, cuanto antes se librara de semejante distracción, mejor. Sin embargo, su excitación, que habían aumentado exponencialmente al observar el trasero de Lily, no estaba de acuerdo con él.

Una vez más, no pudo comprender por qué había reaccionado con tanta intensidad, tan inmediatamente, ante la visión de una profesora inglesa, cuando había salido y se había acostado con las mujeres más bellas e inteligentes de Italia. Era algo ilógico.

Él también se levantó.

–Yo voy a mi despacho, a esperar al cristalero.

Se giró para salir de la cocina antes de que ella pudiera advertir cuál había sido su reacción física. ¡Cuánto lo exasperaba que cierta parte de su anatomía estuviera tan contenta de ver a Lily!

Ella alzó la mirada, con el ceño fruncido, y lo vio salir de la cocina. Era evidente que incluso el mero hecho de estar en la misma habitación que ella le causaba tensión aquella mañana.

–¿Me necesita para algo el cristalero, o el representante de la empresa de seguridad?

–No, el cristalero todavía está colocando el cristal –dijo Lily, que permaneció en la puerta del despacho de Dmitri. Aquella forma de saludo, ligeramente hostil, y la frialdad de su expresión, no la animaron a entrar. Él tampoco hizo ademán de levantarse de su enorme escritorio de caoba–. Ya he terminado de hacer la maleta añadió ella–, y quería saber si has tenido suerte con las llamadas telefónicas.

–Por ahora, no –admitió él, y tiró sobre el escritorio el bolígrafo con el que había estado tomando notas–. Ninguno de nuestros amigos ni conocidos ha visto a Claudia ni ha tenido noticias suyas, y no hay ningún registro que indique que Felix ni mi hermana hayan salido en ningún vuelo del aeropuerto de Roma durante las últimas veinticuatro horas.

–Oh... –Lily hizo un gesto de consternación–. ¿Y de los demás aeropuertos de Roma?

Él frunció el ceño.

–¿Cómo?

Ella se encogió de hombros y se apoyó en el quicio de la puerta.

–Bueno, me parece que tanto Claudia como Felix son lo suficientemente inteligentes como para darse cuenta de que tú concentrarías tu búsqueda en el aeropuerto de Roma. Sobre todo, teniendo en cuenta que dejaron el coche, convenientemente, en el Leonardo da Vinci, para que tú lo encontraras –añadió–. Así que me preguntaba qué aeropuerto hay cerca, al que ellos hayan podido llegar en taxi. Desde allí, quizá hayan tomado un vuelo a otra parte de Italia, ¿no?

Dmitri se quedó pensativo.

–Debería haber aceptado antes tu oferta de ayuda...

Lily abrió unos ojos como platos.

–¿De veras?

–Es evidente que dos cabezas funcionan mucho mejor que una –respondió él, con frustración, y se inclinó hacia delante para descolgar el teléfono y marcar un número–. Debería haberlo pensado antes... *Paolo? Si* –dijo, y comenzó a hablar rápidamente en italiano–. *Si, si, si. Grazie, Paolo* –lentamente, colgó el auricular, y miró con desconcierto a Lily–. Claudia y Felix alquilaron una avioneta y salieron de un aeropuerto privado ayer por la mañana.

¡Eso explicaba perfectamente por qué no había ningún registro en el aeropuerto Leonardo da Vinci! Pero ¿Milán? ¿Por qué se habían marchado a Milán?

–¿Claudia tiene amigos o parientes en Milán?

–No –dijo Dmitri, con los labios apretados–, pero como he tardado tanto en averiguar lo que habían hecho, han ganado veinticuatro horas para conseguir un vuelo a cualquier parte desde allí.

–¿Adónde?

–Eso es lo que estoy intentando averiguar.

Lily se mordió el labio al ver la gravedad del semblante de Dmitri, que comenzó a hacer otra llamada de teléfono. Su hermano pequeño estaba metido en un buen lío. Seguramente, en el lío más grande de toda su vida. Cuando Dmitri consiguiera dar con él, no le permitiría quedarse en Italia ni volver a ver a Claudia.

Se quedó allí, inmóvil, esperando en la puerta mientras Dmitri entablaba otra conversación por teléfono, hablando rápidamente en italiano.

Normalmente, ella no sentía tristeza por sí misma. Era un lujo que no se permitía, sobre todo porque durante los últimos ocho años había estado muy ocupada intentado construirse una vida. Sin embargo, en aquel momento estaba empezando a compadecerse un poco. Era Nochebuena, después de todo, y parecía que Dmitri estaba dispuesto a llevarla a un hotel, donde, sin duda, pasaría el resto del día a solas, y el día siguiente también. ¡Aquel no era el modo en que ella se había imaginado que iba a pasar aquellas fiestas!

–¿Adónde vas? –le preguntó Dmitri, poniendo la mano sobre el teléfono, para hablar con Lily, al darse cuenta de que ella se había girado con intención de concederle privacidad para aquella conversación.

Lily se encogió de hombros.

–Iba a bajar la maleta al vestíbulo, para estar lista cuando termines...

Así que todavía quería marcharse...

Dmitri había olvidado su ofrecimiento de llevarla a un hotel durante aquellos minutos, porque, finalmente, parecía que estaba haciendo progresos con Claudia y Felix. Sin embargo, en aquel momento lo recordó... También se le ocurrió pensar que Lily, cuando estuviera en el hotel, se quedaría completamente sola en el día de Nochebuena. Igual que él.

Antes, aquello nunca había sido un problema.

Tampoco lo era en aquella ocasión, se dijo Dmitri con dureza. Él estaba pensando en Lily, no en sí mismo.

–No hay ninguna prisa, ¿no?

¿Su expresión se había animado ligeramente?, se preguntó Dmitri; no podía estar seguro...

–No –respondió Lily–. No, claro que no hay ninguna prisa –dijo, con una sonrisa–. Voy a hacer un café. ¿Te apetece una taza?

–Sí, muchas gracias –respondió él, agradablemente.

¿Y por qué agradablemente? ¿Qué demonios le estaba ocurriendo? Hacía muy poco tiempo, le parecía buena idea sacar a Lily de su casa. Una idea maravillosa, de hecho. Sin embargo, en aquel momento, al pensar en que ella se marchara, sentía reticencia.

Pero era por Lily, se repitió con firmeza. Porque ella visitaba Roma por primera vez y, hasta el momento, no había tenido la acogida que la ciudad les daba a todos sus visitantes. Además, su hermano no estaba allí para pasar la Navidad con ella, tal y como habían convenido. Aquellas tenían que ser las razones de su vacilación. ¿Qué otros motivos podía haber?

–¿Conde Scarletti?

La voz que salió del auricular le recordó que estaba en mitad de una llamada de teléfono.

–Bajaré a la cocina enseguida –le dijo a Lily.

Después, hizo girar la silla para mirar las vistas de Roma por el ventanal de su despacho mientras continuaba la conversación.

–Entiendo que el trabajo ya está terminado.

El cristalero acababa de traducirle a Lily un comentario del vigilante de seguridad, que estaba tratando de flirtear. Al oír la voz de Dmitri, se giró hacia la puerta, y la sonrisa se le borró de los labios. Él tenía un gesto malhumorado en el rostro.

Lily se movió con incomodidad, porque se dio cuenta de que había estado distrayendo a los dos hombres.

–Yo... no, no creo.

–Entonces, tal vez debieras permitir que continúen con su trabajo –sugirió Dmitri, mientras entraba en la cocina y miraba significativamente al cristalero y al vigilante.

Aquella mirada no necesitaba ninguna traducción y, rápidamente, ambos dejaron las tazas de café sobre la mesa y se pusieron a terminar su tarea.

Lily se giró hacia Dmitri.

–Vaya. ¿También puedes hacer eso con una habitación entera?

–No necesito ni siquiera esforzarme –respondió él, irónicamente, mientras se acercaba a la mesa–. Teniendo en cuenta que normalmente no vengo a esta parte del palacio, parece que últimamente vengo mucho.

Ella se puso en pie para servirle una taza de café.

–Yo paso mucho tiempo sentada en la cocina de mi casa.

–¿Sentada? ¿No cocinando? –preguntó él, mientras se acomodaba en una de las sillas.

Ella le puso la taza de café delante, y respondió:

–Yo sé cocinar, Dmitri.

–Solo que, mientras estés aquí, has decidido no hacerlo.

Lily lo miró con atención. Dmitri no había conseguido distraerla con aquella conversación trivial; ella sabía que, hacía un momento, no se había puesto nada contenta al encontrarla riéndose con aquellos dos trabajadores. ¿Porque ella los estaba retrasando, o por otro motivo?

Se encogió de hombros.

–Yo soy profesora, no cocinera.

Él inclinó la cabeza.

–Y estoy segura de que eres muy buena profesora.

–¡Oh, Dios mío! –exclamó Lily, con los ojos muy abiertos–. ¿Acabas de hacerme un cumplido?

Dmitri frunció el ceño de irritación al percibir su sarcasmo.

–No creo que nunca me haya dirigido a ti con insultos, ni nada por el estilo.

–No, personalmente no. Pero sí por asociación.

¿Y por qué no iba a poder expresar el desagrado que sentía por su hermano, cuando Claudia y él podían provocar uno de los mayores escándalos para la familia Scarletti en muchos siglos?, se preguntó él.

–Yo no te culpo por los pecados de tu familia, Lily –respondió él con frialdad.

–¡Pues cualquiera lo diría! –replicó Lily, airadamente–. Y, haya hecho Felix lo que haya hecho, sigue siendo mi hermano mellizo, y yo lo quiero.

Dmitri se dio cuenta, con impaciencia, de que iban a tener otra discusión, cuando lo único que él había pretendido había sido disculparse por su brusquedad al hacerle el cumplido. Su comentario había sido sincero; estaba seguro de que la actitud de Lily, que no admitía tonterías, la convertía en una excelente profesora.

Suspiró, y le dijo:

–No quiero discutir más contigo, Lily.

–La única forma de que eso no suceda es que no volvamos a hablar hasta que me marche –respondió ella que se sentía muy molesta con él.

Él apretó la mandíbula.

–¿Te has acordado de devolver la llamada telefónica de anoche?

Ella lo miró con confusión.

–¿A qué te refieres?

–Anoche le prometiste a tu amigo Danny que lo llamarías hoy –dijo él, arqueando las cejas.

Lily frunció el ceño. Aquel intento de evitar la discusión no iba a servirle.

–Eso no es asunto tuyo, Dmitri –le espetó Lily. No tenía ganas de explicarle que no le iba a devolver la llamada a Danny. Aquella relación estaba definitivamente acabada.

–Como ayer por la noche tu amigo nos interrumpió mientras estábamos a punto de hacer el amor en esta mesa, creo que mi curiosidad está justificada –replicó él.

–¿Te importaría bajar la voz? –le dijo ella, fulminándolo con la mirada. Había otros dos hombres en la cocina, y uno de ellos hablaba inglés–. Creo que las palabras clave de esa frase tuya son «nos interrumpió» –continuó, susurrando con ferocidad–. ¡Y eso no te da ningún derecho a interrogarme sobre mis amigos!

Dmitri se arrepintió de haber iniciado aquella conversación. No tenía ni idea de por qué lo había hecho, salvo que se había sentido muy molesto cuando había bajado las escaleras, hacía unos minutos, y se había encontrado a Lily riéndose con otros dos hombres. Su risa era despreocupada y coqueta; un tipo de risa que nunca había compartido con él, porque nunca se había sentido lo suficientemente relajada en su presencia.

Él entrecerró los ojos.

–Entonces, ¿qué derechos me da eso?

–Ninguno, absolutamente ninguno –contestó ella con firmeza. Tenía las mejillas muy coloradas por el enfado–. Ahora, ¿te importaría cambiar de tema y decirme si has conseguido averiguar algo sobre mi hermano con todas las llamadas telefónicas que has hecho?

Dmitri reconoció que su forma de evitar la discusión hablando de Claudia y de Felix era razonable. Aquella discusión habría sido algo inútil, de todos modos; él no tenía por qué saber nada sobre el hombre que había telefoneado a Lily la noche anterior. Sin embargo, si aquel hombre no los hubiera interrumpido, él habría tomado a Lily sobre aquella misma mesa sin pensarlo dos veces.

Lo cual, seguramente, explicaba por qué en aquel momento estaba pagando toda su insatisfacción física con ella.

Tal vez. Sin embargo, aquel no era su comportamiento frío y lógico de costumbre...

–¿Dmitri?

Él volvió a fijar su atención en Lily, que lo estaba mirando con curiosidad, y respondió a su pregunta.

–He averiguado que Claudia alquiló un coche en el aeropuerto de Milán. Después de eso, no se sabe más ni de tu hermano ni de ella... –añadió con consternación.

Lily suspiró y se apoyó lentamente en el respaldo de la silla.

–Eso significa que puede que sigan en Milán...

–O no.

O no...

Lily iba a estrangular a su hermano pequeño cuando por fin diera con él. Si Dmitri no se le adelantaba, claro...

Capítulo 9

PERO... ¡Yo no puedo permitirme pagar este hotel! –gimoteó Lily, mirando hacia arriba con horror, al espectacular y lujoso edificio frente al que Dmitri acababa de parar su brillante coche deportivo.

El hotel estaba a un kilómetro, más o menos, del palacio, pero el viaje había sido lo suficientemente largo como para que ella se diera cuenta de que conducía como los demás italianos a los que había observado: sin ningún sentido ni ningún respeto por las normas de tráfico ni los demás conductores y, mucho menos, por las personas que arriesgaban la vida trasladándose en bicicleta y en moto.

Sin embargo, no era eso lo que le había provocado un nudo de angustia en el estómago, sino el hecho de verse delante de un hotel con un portero y varios botones uniformados que se encargaban del equipaje de sus elegantes huéspedes.

–No es necesario que puedas permitírtelo –le dijo Dmitri, mientras abría la puerta para salir. Después, rodeó el coche y abrió también la de Lily–. Como es lógico, serás mi invitada en este hotel –añadió, al ver que ella no hacía ademán de bajar.

–A mí no me parece nada lógico –replicó Lily, agitando con fuerza la cabeza–. No me voy a quedar en ningún sitio como invitada del conde Scarletti. Yo pago mis cosas, muchas gracias.

Dmitri se calmó un poco al ver su expresión rebelde y obcecada, y estuvo a punto de sonreír ante su evidente indignación. Habría sonreído, sí, pero sabía que, si mostraba su diversión, ella se ofuscaría aún más.

–Por lo menos, entra y mira la habitación, Lily –dijo él, intentando engatusarla.

–No serviría para nada, porque no voy a quedarme aquí –dijo ella, negando de nuevo con la cabeza mientras miraba la elegante fachada del hotel–. ¡Dios santo, Dmitri, cuando me dijiste que me ibas a llevar a un hotel, no quería que me trajeras a la versión romana del Ritz!

En aquella ocasión, Dmitri no pudo contener la risa. Lily estaba tan indignada que le resultó imposible no sonreír.

–Deja que haga esto por ti, Lily –le pidió él, agachándose ante la puerta y tomándole una mano–. Como disculpa por mi comportamiento grosero de antes –le explicó él.

Ella lo miró con frustración. No era justo que estuviera tan atractivo, mirándola con aquellos ojos verdes y cálidos, y sonriendo con tanta nostalgia. Y, en cuanto al cosquilleo que sentía en los dedos, y que le subía por el brazo, a causa del contacto de su mano...

–Hubiera sido suficiente con una disculpa verbal –murmuró.

–Esta es mi forma de disculparme –insistió él.

–Es una forma muy cara.

–Por favor, échale un vistazo al interior, ¿eh?

¿Cómo podía resistirse a él, cuando se estaba comportando de un modo tan encantador? ¡No podía!

Lily se soltó de su mano, y él se puso en pie y se hizo a un lado para permitir que ella saliera del coche.

–El hecho de que entre a verlo no significa que vaya a quedarme –le advirtió, al ver que él sacaba la maleta del maletero del coche–. Yo no estaría cómoda aquí.

–Este hotel, en concreto, es bien famoso por todas sus comodidades –le aseguró él, mientras le entregaba al portero la maleta de Lily. Entonces, Dmitri la tomó firmemente del brazo.

En cuanto entraron al vestíbulo, Lily se dio cuenta de que lo que le había dicho Dmitri era cierto. El suelo y las columnas de mármol eran muy parecidas a las del Palazzo Scarletti, y también allí había un ambiente de calma y silencio, como si la fachada protegiera el espacio de todo el ajetreo de Roma en pleno día.

Había una docena de personas en el vestíbulo; algunas estaban en el mostrador de la recepción, y otros estaban sentados en grandes y cómodas butacas, leyendo el periódico o mirando mapas. Todo el mundo se giró hacia Dmitri para mirarlo. Él era muy alto para ser italiano, y caminaba con un aire de arrogancia...

No, pensó Lily, y lo miró. «Arrogancia» era una palabra equivocada para describir la actitud de Dmitri. La arrogancia implicaba sentir desprecio por los demás y ser engreído, pero ella había descubierto que Dmitri no tenía ninguno de aquellos defectos. Era poderoso, sí, y tenía mucha seguridad en sí mismo, pero no era arrogante. Incluso su actitud distante, su tendencia a mantenerse aparte de los demás, ya no existía en relación a ella...

Estaba empezando a interesarse demasiado por la

forma de ser de Dmitri Scarletti, pensó Lily con consternación.

Tanto como para molestarse por las miradas codiciosas que le lanzaban las mujeres que había en el vestíbulo, tanto viejas como jóvenes.

¡Estaba demasiado interesada en él!

Dmitri Scarletti estaba completamente fuera de su alcance, tanto como la Luna; si se había sentido decepcionada cuando Danny había elegido a su madre antes que a ella, no sabía lo que podía sentir cuando aquel otro hombre saliera de su vida. Y eso era algo que iba a suceder muy pronto, más pronto de lo que ella hubiera querido.

Cuando se acercaron a la recepción, la bella y sonriente recepcionista saludó amablemente a Dmitri con un «*Buongiorno, signor*», pero, después de eso, Lily no entendió más de la conversación. Así pues, se volvió para observar lo que sucedía en el vestíbulo.

Había un belén colocado en un rincón de la sala y, en otro, un árbol de Navidad de tres metros de altura. Al ver los adornos dorados y las guirnaldas de lucecitas blancas, y varios regalos que estaban envueltos en papel plateado a los pies del abeto, Lily recordó con melancolía los árboles de Navidad de su infancia y la de Felix.

Eran árboles imperfectos que comenzaban a tirar las agujas a los pocos días de que su padre los llevara a casa, adornados con luces intermitentes de colores distintos, y la mayoría de los adornos los habían hecho Felix y ella. Los regalos que había debajo estaban envueltos con papel de Papá Noel y de muñecos de nieve. Sin embargo, aquellos árboles tenían un aspecto mucho más hogareño que la fría perfección del abeto que adornaba el vestíbulo del hotel.

Para consternación de Lily, los ojos se le llenaron de lágrimas al recordar las fiestas de Navidad con su familia y saber que iba a tener que pasar aquel día a solas.

Dmitri tenía el ceño ligeramente fruncido al volverse hacia Lily, después de que la recepcionista lo inscribiera en el libro de huéspedes y le diera la llave de la habitación. Estaba muy molesto por la cantidad de atención que los demás hombres del vestíbulo le habían prestado a Lily al entrar. Aunque ella fuera vestida de manera informal, con unos pantalones vaqueros y una gruesa chaqueta sobre el jersey, su delicada belleza rubia era como una señal luminosa para la mirada masculina.

Sin embargo, al ver que tenía los ojos empañados, su irritación se transformó en preocupación.

–¿Lily?

Ella se volvió a mirarlo.

–Ah, disculpa –murmuró. Después, sonrió y preguntó–: ¿Ya has terminado?

Dmitri no se dejó engañar por aquella sonrisa forzada, pero asintió y volvió a tomarla del brazo para guiarla hacia el ascensor.

–Seguro que Claudia y Felix están perfectamente –le dijo, para tranquilizarla, mientras entraban en la cabina.

–Oh, eso ya lo sé. No me preocupa en absoluto –respondió ella, con una sonrisa que, en aquella ocasión, era genuina.

–Entonces, ¿por qué estás preocupada?

¿Por qué estaba preocupada? Por su propia infelicidad al pensar que iba a separarse de él, para empezar. Ella estaba acostumbrada a estar sola. Así era como había estado durante los últimos ocho años. Felix y ella estaban muy unidos, y se reunían una vez a la semana cuando él también vivía en Londres. Sin embargo, su hermano siempre había vivido su propia vida separada de Lily, dirigiéndose hacia donde le llevaba su camino. Y, como consecuencia de eso, ella también se había construido su propia existencia, había forjado su propia carrera profesional y había encontrado a sus propios amigos. De ese modo, aunque viviera sola, nunca se había sentido sola.

Hasta aquel momento...

Por culpa del hombre que estaba a su lado. Dentro de unos pocos minutos se despediría y, probablemente, no volverían a verse. Lily dudaba mucho que Dmitri les permitiera a Felix y a ella volver a acercarse al Palazzo Scarletti una vez que su hermano hubiera vuelto a casa, sana y salva.

Y ella se sentía triste de solo pensarlo.

Lo cual era absurdo, se dijo con impaciencia. Tal vez hubiera cambiado su opinión inicial sobre Dmitri, pero él seguía siendo el conde Scarletti, un multimillonario que siempre salía con mujeres bellísimas e inteligentes. Dudaba mucho que él se interesara en Lily Barton, una profesora inglesa que además era la hermana del hombre a quien él más despreciaba en aquel momento. De no haber sido por aquella situación, ¡Dmitri ni siquiera sabría de su existencia!

–Nada en absoluto –mintió ella, mientras el ascensor se detenía y ambos salían al pasillo.

En aquel lugar, incluso el olor del ambiente era lujoso, pensó Lily, mientras las botas se le hundían en la gruesa moqueta del suelo. De camino hacia la habitación, pasaron junto a varias consolas antiguas, sobre las que había jarrones llenos de flores que perfumaban el aire, y junto a varios cuadros que adornaban las paredes y parecían obras originales.

En cuanto a la habitación en la que entró, junto a Dmitri, minutos más tarde...

Se quedó abrumada por la elegancia y la riqueza de la sala de estar de la suite. Allí, el mobiliario también era antiguo. Había varios jarrones de rosas amarillas sobre las mesas, y un cuenco lleno de frutas en la mesa de centro, frente al sofá. Del centro del techo colgaba una maravillosa araña, y había varias lámparas a juego por toda la habitación, que proporcionaban una luz más tenue. Y, a través de una puerta, veía el dormitorio, que era igual de opulento.

–¡Como te he dicho ya, Dmitri, no puedo alojarme aquí! –protestó Lily.

–Ven al balcón a ver las vistas –le dijo él.

La animó para que atravesara la habitación con él. Después, abrió las puertas y le cedió el paso para que ella pudiera salir primero.

Lily obedeció y, al salir al balcón, no pudo contener un jadeo de asombro. Parecía que toda Roma se extendía ante ella y, ¿era aquello la Basílica de San Pedro, más allá del río Tíber?

Se giró para preguntarle a Dmitri si, realmente, aquello era San Pedro, y vio que él había vuelto a la habitación y le estaba dando una propina al botones que acababa de llegar con su maleta.

Lily volvió a observar las vistas. Se había quedado fascinada con la arquitectura, los paisajes y los sonidos, y sabía que, en aquel momento, se había enamorado ligeramente de aquella maravillosa ciudad. Tal y como se estaba enamorando de...

¡No! No podía permitirse el lujo de enamorarse del inalcanzable Dmitri Scarletti.

–Preciosa, ¿verdad, *cara*? –le preguntó él, mientras salía de nuevo al balcón.

Dmitri no estaba muy seguro de si estaba hablando de la ciudad de Roma o de la mujer que estaba ligeramente apoyada en la balaustrada del balcón. El sol le arrancaba brillos de color platino a su melena, que se le derramaba como una cascada pálida por los hombros esbeltos.

–Muy bella –respondió Lily, con la voz ronca, sin darse la vuelta.

Dmitri le posó las manos, ligeramente, sobre los hombros, pero las apartó al instante al notar que ella se ponía tensa.

–¿Sigues sin querer alojarte aquí? –le preguntó.

Ella se giró y lo miró con una expresión de culpabilidad.

–¿Te parecería muy desagradecido por mi parte?

Dmitri se percató de la incertidumbre de Lily, y su contrariedad se desvaneció.

–No, en absoluto –le aseguró–. Salvo que me privarías del placer de saber que estás aquí segura y confortable.

Ella abrió unos ojos como platos.

–¿De veras?

–Sí.

A Lily se le cortó la respiración, y la falta de oxígeno hizo que se sintiera un poco mareada mientras continuaba mirando a Dmitri a los ojos. De hecho, no sabía si sería capaz de apartar la vista de él.

Aquello no era bueno. Nada bueno. De hecho, era peligroso.

El único motivo para que Dmitri pudiera estar preocupado por su bienestar tenía que ser que Felix no estaba allí con ella, tal y como habían planeado, ¿no?

–Tengo que ir a trabajar a mi oficina esta tarde, antes de que cerremos para la cena de Nochebuena –le dijo Dmitri, antes de que ella pudiera expresar de nuevo su deseo de marcharse–, pero me gustaría volver aquí a las siete en punto, si tú quisieras cenar conmigo esta noche.

–¿Cómo?

Lily se quedó mirándolo boquiabierta, completamente anonadada por la invitación, y también por la posibilidad de no tener que despedirse de él para siempre, después de todo.

Dmitri sonrió ligeramente.

–No creo que nunca haya provocado semejante reacción con una invitación a cenar.

Seguramente, no, reconoció Lily confusamente, ¡pero también dudaba que ninguna de las otras mujeres a las que él había invitado a cenar fuera la hermana del hombre con el que se había fugado Claudia!

Ella negó con la cabeza.

–No es posible que quieras malgastar la Nochebuena cenando conmigo.

–Para mí no sería malgastar la Nochebuena –respondió él, con el ceño fruncido.

–Te agradezco el ofrecimiento, Dmitri, pero...

–¿De verdad?

–Sí, de verdad, por supuesto que sí –insistió ella, al ver su cara de escepticismo–, pero estoy segura de que debes de tener familia, aparte de Claudia, y...

–Sí, claro.

Lily asintió y continuó hablando apresuradamente.

–Sí, familia y amigos con los que preferirías pasar la Nochebuena.

Dmitri se encogió de hombros.

–No, no se me ocurre a nadie.

–Pero...

–Lily, como tú has dicho, es Nochebuena, y no veo

ningún motivo para que ninguno de los dos la pasemos a solas –dijo él. Estaba demasiado exasperado como para disimular sus emociones. Con ella, por vacilar tanto en aceptar su invitación, y consigo mismo, por haber hecho la invitación...

Habría sido mucho más fácil librarse de toda responsabilidad dejándola en el hotel, pasarse varias horas en la oficina y volver a casa a seguir buscando a Felix y a Claudia.

Habría sido mucho más fácil, pero se había dado cuenta de que aquello no era, en absoluto, lo que quería hacer.

El ávido interés que habían demostrado los hombres del vestíbulo le había molestado mucho. Hombres que, sin duda, se acercarían sin titubear a una bella mujer, de pelo rubio platino, si a ella se le ocurriera bajar aquella noche, a solas, al bar del hotel; tal vez, para invitarla a una copa. O a cenar. Seguramente, la cautelosa Lily rechazaría aquellas invitaciones, pero, de todos modos...

Lo mejor era que cenara con él. De ese modo, él podría salvarla de la incomodidad de tener que decir que no.

Y lo mejor era que él no tuviera que pasarse toda la noche solo en casa, sentado en una butaca, imaginándose a Lily mientras hablaba y reía con otro hombre.

Se irguió.

–Obviamente, si prefieres estar sola...

–Yo no he dicho eso –contestó ella con rapidez.

Se había repuesto de la sorpresa y, verdaderamente, prefería pasar la Nochebuena con Dmitri que con ninguna otra persona.

–Pero... todavía no he aceptado quedarme en este hotel –dijo ella, en broma.

Él arqueó una ceja.

–Pero ¿vas a aceptar?

–Bueno... puede que por una noche –accedió Lily, con reticencia–. Pero solo porque no quiero causarte más molestias obligándote a buscarme un lugar menos... lujoso –dijo, firmemente.

–Por supuesto –dijo Dmitri, que se sentía muy agradado por su capitulación–. ¿Te parece bien a las siete en punto?

Lily sonrió.

–Estoy muy segura de que no tengo ningún otro compromiso para esta noche.

–Bien –dijo él, y asintió con satisfacción por su respuesta.

–¿Vamos a cenar en el hotel, o en otro sitio? –preguntó Lily, que había empezado a preguntarse si había metido en la maleta algo que pudiera servirle para una cena con Dmitri. Seguramente, nada muy elegante, porque ella tenía la idea de pasar la Nochebuena con Felix; no sabía que iba a salir con un conde italiano.

Dmitri lo pensó un instante.

–Me parece que, como llevas en Roma un día y medio y todavía no has visto nada de la ciudad, deberíamos salir a cenar. Te recomiendo que te abrigues.

Lo cual significaba que el vestido negro que había puesto en el equipaje en el último momento, por si Felix la sacaba a cenar alguna noche para presentarle a Claudia, no le servía. ¿O sí? También había llevado una chaqueta roja de lana que podía ponerse encima. Además, hasta el momento, Dmitri solo la había visto con pantalones vaqueros o pantalones de pinzas. Sería agradable dejar que comprobara que tenía unas piernas que no estaban nada mal.

–Bien, entonces, hasta luego, *cara* –dijo Dmitri.

Le tomó la mano y se la besó, sin dejar de mirarla a los ojos. Después, se dio la vuelta y se marchó. La puerta de la suite se cerró suavemente unos segundos después.

Lily se quedó en el balcón, sin mirar las espectaculares vistas. Se quedó mirándose la mano, los nudillos que Dmitri acababa de rozar con los labios...

–¡Es increíble! –exclamó Lily, después se saborear el helado de limón que le había comprado Dmitri.

Él asintió.

–Me alegro de que te guste.

Lily había disfrutado mucho de toda aquella noche, hasta el momento. Habían cenado en un restaurante pequeño y encantador, cuyo propietario había saludado a Dmitri con afecto. La conversación había sido muy agradable y relajada, la comida estaba deliciosa y el vino tinto que la acompañaba le había puesto un saludable color rojo a Lily en las mejillas. Después, habían salido a pasear por Roma en Nochebuena.

Habían caminado entre la multitud que se dirigía a una *piazza* en la que había una magnífica fuente dedicada a Neptuno, un mercadillo navideño y un tiovivo muy colorido lleno de niños.

Después de visitar los puestos del mercadillo, habían seguido con el paseo, y habían visto a mucha gente patinando en una pista de hielo al aire libre, cayéndose o riéndose de placer cuando conseguían mantenerse en pie.

Había sido una noche mágica y maravillosa, y Lily había pensado que no podría comer nada más después de la deliciosa cena, hasta que Dmitri la había llevado a la heladería más famosa de Roma y había comprado un helado para cada uno; para él de chocolate y, para ella, de limón.

Lily había sentido una atracción muy fuerte por él durante toda la noche. Dmitri llevaba unos pantalones y un polo gris con una chaqueta negra de ante, y el viento le había revuelto un poco el pelo. Estaba muy guapo, y su altura, que sobresalía un poco por encima del resto de la gente, aumentaba su aire de distinción.

Si Lily no estaba ya lo suficientemente hechizada con Dmitri, aquella noche había sido la gota que colmaba el vaso. Estaba completa y absolutamente fascinada.

Le resultaba imposible no percatarse de cómo lo miraban las demás mujeres por las abarrotadas calles de Roma. Mujeres bellas y no tan bellas, todas debían de tener la misma pregunta en la cabeza: ¿Qué tipo de amante sería aquel italiano tan alto y tan guapo? ¿Fuerte y dominante? ¿Tierno y atento? O la combinación perfecta de ambas cosas...

Lily también se había hecho la misma pregunta.

Con veintiséis años, no había tenido más que un amante satisfactorio en la vida y, en aquel momento, solo podía pensar en Dmitri desnudo, a su lado, dentro de ella, mientras los dos compartían el placer.

¡Más helado! Tenía que concentrarse en comer más helado, aunque solo fuera para enfriar un poco el erotismo de sus pensamientos.

Pero, al mirar a Dmitri y verlo comiendo helado, lamiéndose el chocolate de los labios, deseó que estuviera lamiéndola a ella con la misma fruición.

¡Oh, Dios santo!

Dmitri tiró las servilletas que habían utilizado para limpiarse los labios a una papelera y se giró hacia ella.

–Es casi medianoche, así que podemos decidir qué

vamos a hacer ahora –dijo, en un tono más tenso de lo que hubiera querido, debido a la atracción física que sentía por Lily.

Un tono que, evidentemente, Lily captó y malinterpretó.

–¿Estás seguro de que no quieres terminar ya la velada? Ya has sido lo suficientemente amable conmigo, enseñándome Roma e...

–No ha sido amabilidad, Lily, sino orgullo por mi ciudad –le aseguró él con ligereza, intentando controlar su excitación.

Una excitación que había comenzado en el momento en que Lily le había abierto la puerta de la suite del hotel. Llevaba un vestido corto de color negro, que se le ajustaba suavemente sobre el torso y los muslos, y dejaba a la vista sus piernas esbeltas. Se había puesto unas sandalias de tacón bajo, de color negro, y tenía unos pies muy pequeños. Su pelo parecía más plateado que antes, incluso, en contraste con el color oscuro del vestido. Llevaba un maquillaje ligero aquella noche; una máscara de pestañas marrón que acentuaba la largura de sus pestañas y un brillo de color rojo en los labios, del mismo tono que la chaqueta que se había puesto antes de salir con él hacia el ascensor.

En aquel momento, le había costado mucho no besarle los labios rojos y carnosos. Incluso en aquel momento tenía que contenerse para no hacerlo.

Lily lo miró atentamente durante unos segundos y se relajó un poco.

–¿Y cuáles son las propuestas?

Él se encogió de hombros.

–Hay una misa tradicional en la Plaza de San Pedro, o también podríamos ir a ver la Fontana di Trevi a la luz de la luna.

Lily sabía exactamente lo que prefería hacer. ¿Qué mujer no querría ir a ver la Fontana di Trevi a la luz de la luna acompañada por un hombre tan atractivo como Dmitri? Sin embargo, teniendo en cuenta el deseo que sentía por él, aquella era una elección peligrosa, una decisión que ella no debía tomar.

–Seguro que me encantará cualquiera de las dos cosas.

Dmitri sonrió.

–Yo he ido a muchas misas, pero nunca he ido a ver la Fontana di Trevi por la noche.

–¿No? –preguntó Lily con asombro.

Él sonrió aún más al ver su obvia incredulidad.

–No.

Lily lo observó con incertidumbre.

–¿Estás seguro de que no lo dices solo porque sabes que, en el fondo, me encantaría visitar la fuente?

–No, no lo he dicho por eso –respondió él–. ¿No te habías dado cuenta de que cuando vives muy cerca de algo tan bello toda tu vida apenas vas a visitarlo?

–Ummm... Bueno, hay partes de Londres que yo tampoco conozco.

–Exactamente –dijo él.

Entonces, tomó a Lily suavemente del brazo y la guio, por las calles abarrotadas de gente, hacia la plaza de la Fontana di Trevi. No sabía si sentarse en las gradas de aquel maravilloso monumento a la luz de luna era lo más adecuado que podía hacer, pero era lo único que le interesaba en aquel momento.

Ella era la única mujer a la que había podido ver durante toda la noche. Sus ojos azules y brillantes. Su piel pálida, de alabastro. Su boca carnosa y sus dientes blancos y perfectos. Su cuerpo esbelto.

No, ir a ver la Fontana di Trevi a la luz de la luna

con aquella mujer no era, probablemente, lo más sensato que había hecho en su vida.

Sin embargo, ambos siguieron el sonido de la cascada de agua hasta que torcieron una esquina y entraron en la plaza, y vieron la Fontana di Trevi ante ellos, en todo su esplendor. Había otras muchas parejas que, obviamente, habían tenido la misma idea que ellos, y que estaban observando el monumento abrazadas o tomadas de la mano, admirando las estatuas mitológicas y el agua luminosa de la fuente.

–¡Dios mío! ¡No me lo imaginaba así!

Lily se detuvo en seco. Se había quedado asombrada por el tamaño de la fuente y por las esculturas.

La Fontana di Trevi nunca había sido uno de los monumentos favoritos de Dmitri; siempre le había parecido que poseía más espectacularidad que belleza. Y, sin embargo, en aquel momento, junto a Lily, la fuente adquirió una hermosura innegable.

–¿Te gustaría tirar una moneda y pedir un deseo?

Lily apartó la vista de la fuente y miró a Dmitri.

–Solo si tú haces lo mismo –le dijo, bromeando. Sabía que debía de parecer una turista embelesada, ¡seguramente porque lo era! Aunque no fuera la belleza de la fuente lo único que la tenía hipnotizada...

–Eso es algo que tampoco he hecho nunca –dijo Dmitri. Entonces, le soltó el brazo y se sacó algunas monedas del bolsillo. Abrió la palma de la mano y se las ofreció a Lily.

Lily tomó un euro, esperó a que él eligiera una moneda y se giró hacia la fuente.

–¿Listo? Uno... dos... ¡tres!

Pidió un deseo mientras veía las dos monedas volar en arco por el aire y caer al agua verde y transparente.

Y, en aquel preciso instante, las campanas de Roma

dieron la medianoche. Aquello aumentó la sensación de magia para Lily; no tenía noción del tiempo, y le parecía que podía suceder cualquier cosa.

–*Felice Natale*, Lily –murmuró Dmitri, cuando terminó la última campanada–. Feliz Navidad, Lily –le tradujo después, con la voz enronquecida.

–*Felice Natale*, Dmitri –respondió ella, que se había quedado atrapada en la mirada de sus ojos verdes.

Él la agarró con delicadeza por los brazos, y fue bajando lentamente hasta que la tomó de las manos. Después, inclinó la cabeza y la besó.

A Lily se le encogió el corazón al notar el contacto de los labios de Dmitri, y se echó a temblar de pies a cabeza. Tuvo que agarrarse a las solapas de su chaqueta para no perder el equilibrio; después, poco a poco, ascendió por su pecho hasta que se aferró a sus hombros. Él le rodeó la cintura con los brazos y la estrechó contra la dureza de su cuerpo, y su beso se hizo profundo, largo.

Lily había deseado que Dmitri la besara de nuevo. Lo había anhelado durante toda la velada, aunque no se había atrevido a albergar aquella esperanza.

Y, en aquel momento, todo su deseo se transformó en una pasión ardiente y, cuando terminaron de besarse, ambos tenían la respiración entrecortada. Dmitri apoyó su frente en la de ella y la miró con intensidad.

–No me pidas que me disculpe por haberte besado.

–No.

¿Disculparse? Ella quería que volviera a besarla, ¡no que se disculpara!

Él la observó y, al notar que estaba temblando, frunció el ceño.

–¿Tienes frío?

–No estoy temblando de frío, Dmitri –admitió Lily.

–De todos modos, es muy tarde.

–O muy pronto. Depende de la perspectiva –dijo ella, con una sonrisa.

A Dmitri le brillaron los ojos.

–Debes de saber que te deseo.

Ella sintió un escalofrío de excitación al oír sus palabras.

–Yo... sí.

–¿Quieres venir a casa conmigo, Lily? –le preguntó Dmitri–. Ven al palacio conmigo. Quédate conmigo. Esta vez, con libertad –añadió él, con suavidad.

A Lily se le aceleró el corazón. Sabía exactamente qué era lo que le estaba pidiendo Dmitri, y qué sucedería si aceptaba su invitación; su deseo era tan tangible como el agua de la fuente.

Si iba al palacio con Dmitri, pasarían la noche juntos, sin pensar en el mañana.

Porque no podía haber un mañana para ellos dos; solo aquella noche.

Sin embargo, Lily lo deseaba tanto que casi sentía dolor físico.

Se humedeció los labios antes de responder:

–Sí.

La mirada de Dmitri se hizo ardiente como la lava líquida.

–¿Sí?

–Sí –repitió ella, con una risa ahogada. Aunque no entendía su propio atrevimiento, sabía que no podía darle una respuesta distinta.

Estaba en la romántica ciudad de Roma, con el hombre más atractivo que hubiera conocido en su vida, y la intensidad de sus besos, el calor de su mirada y la dureza de su cuerpo eran pruebas evidentes de que él la deseaba tanto a ella como ella lo deseaba a él.

Nunca le había ocurrido nada semejante.

Y era muy probable que nunca volviera a ocurrirle nada así.

Parecía que los deseos que se pedían en la Fontana di Trevi se hacían realidad, después de todo...

Capítulo 10

NO ES demasiado tarde para cambiar de opinión, si te has arrepentido –le dijo él.

Dmitri y Lily acababan de llegar al palacio, tomados de la mano. Lily estaba perdida en la euforia de los placeres que iban a llegar, pero empezó a temblar cuando Dmitri pulsó el código en el panel de seguridad de la entrada.

Y, seguramente, él notó aquel temblor en su mano...

¿Se había arrepentido?

¡No!

¡Sí!

¡No sabía lo que quería!

No, eso no era cierto. Deseaba a Dmitri.

Pero, al mismo tiempo, tenía muchas dudas. No eran dudas sobre su deseo por él, sino por su propia falta de experiencia.

Dmitri tenía treinta y seis años y, sin duda, se había acostado con muchas mujeres bellas. Por el contrario, ella solo había tenido una experiencia sexual, bastante desastrosa, por cierto, mientras estaba en la universidad. Aquello no era un buen augurio para la noche que iba a pasar con un hombre con tanta experiencia como Dmitri.

–Si lo prefieres, puedo llevarte al hotel –dijo él.

Le resultaba imposible no ver la expresión de pánico de Lily bajo la luz que iluminaba la entrada del palacio.

Ella tragó saliva antes de contestar.

–Bueno, lo que pasa es que... me gustaría que supieras una cosa. No quiero que te sientas decepcionado cuando... Yo...

–¿Lily? –le preguntó él, mirándola con perspicacia–. ¿Es que no has hecho nunca nada de esto?

–¡No! ¡Quiero decir, sí! –respondió ella, agitando la cabeza con impaciencia, ante lo equívoco de su respuesta–. Sí, sí lo he hecho. Pero solo una vez, hace varios años, y fue muy decepcionante. Yo no quiero que sientas la misma decepción con respecto a mí –dijo, mirando a Dmitri con consternación–. Sé que, normalmente, sales con mujeres bellas y experimentadas, y yo no soy...

–Tú eres una mujer muy bella –la interrumpió él, con la voz ronca.

Ella se ruborizó.

–Eso puede ser cierto, o no, pero...

–Oh, es muy cierto, Lily –le aseguró él.

–Pero no tengo experiencia –continuó ella.

Si Lily pensaba que aquella información iba a desilusionarlo, estaba completamente equivocada. El hecho de saber que era su primer amante verdadero solo servía para intensificar el apetito que sentía por ella.

Y, al mismo tiempo, aquella revelación disipó cualquier duda que todavía pudiera tener acerca de la relación de Lily con su amigo Danny.

–Lily –le dijo, tomándole la cara entre las manos, con delicadeza–, por nuestros besos, ya sé que no me voy a sentir decepcionado en lo más mínimo.

Ella se ruborizó aún más.

–¿De verdad?

–Oh, sí –dijo Dmitri, sonriendo para darle ánimos–. Y podemos tomarnos esto tan rápido como tú quieras, o tan despacio, o no hacerlo en absoluto.

–¿En absoluto? –le preguntó ella, mirándolo con incertidumbre.

Él asintió.

–La habitación que usaste ayer está disponible, si lo deseas.

Lily se quedó mucho más tranquila con la sinceridad de su expresión. Supo que él lo decía en serio y, al instante, notó que su nerviosismo desaparecía, y que regresaba el deseo.

–Creo que me gustaría ver tu habitación antes de decidirme, si te parece bien –murmuró.

A Dmitri le brillaron nuevamente los ojos.

–Las cosas serán exactamente como tú quieras que sean, Lily.

En aquella ocasión, a ella no le preocupó en absoluto el silencio que reinaba en el palacio, ni que se detuvieran en la cocina para abrir una botella de vino tinto y tomar un par de copas para subirlas a la habitación. De hecho, fue tranquilizador saber que estaban completamente a solas mientras recorrían los pasillos silenciosos que conducían a la habitación de Dmitri.

La estancia estaba bañada por la luz de la luna, que entraba por dos enormes ventanales, e iluminada tenuemente por una lamparita dorada que había en la mesilla de noche. Era la habitación más grande y lujosa que ella hubiera visto nunca. Tenía una alfombra gruesa, de color dorado, y una mesa con dos butacas cómodas frente a uno de los ventanales. Una de las paredes estaba completamente ocupada por un enorme armario y, en el centro del dormitorio, reinaba una gran cama con dosel, con las cortinas de tela dorada, a juego con la colcha y los cojines.

Un dormitorio digno de un rey.

O de un conde italiano.

Un hombre que estaba tan fuera del alcance de una profesora inglesa como la luna lo estaba del sol.

Mientras Lily dejaba caer el bolso desde su hombro al suelo, ¡volvió a sentir un gran nerviosismo!

Dmitri sirvió dos copas de vino y le llevó una a Lily, al centro del dormitorio. Después, hizo un brindis.

–*Felice Natale*.

Ella lo miró con los ojos muy abiertos.

–*Felice Natale*, Dmitri.

Dmitri observó a Lily por encima del borde de su copa mientras ambos bebían vino. Él apenas tomó un poco del líquido rojo, pero Lily tomó una buena cantidad para calmar su nerviosismo. Él también estaba ansioso por tranquilizarla.

Dmitri le quitó la copa de la mano y la dejó, junto a la suya, sobre la mesa que había junto a la cama. Después, posó las manos en sus mejillas sonrojadas.

–Eres tan, tan bella, *cara*... –murmuró, y se inclinó para darle besos suaves en el hombro, en la curva del cuello. Tenía una piel delicada como el terciopelo, que sabía a miel y a sensualidad pura.

Y él anhelaba explorar aquella sensualidad.

Dmitri emitió un gruñido mientras seguía con los labios el contorno delicado de su oreja. Notó su temblor, y la oyó jadear, cuando le mordió el lóbulo suavemente y, después, se lo lamió para mitigar la impresión.

Ella movió las manos lenta, tímidamente, y extendió las palmas contra su pecho. Dmitri sintió su contacto como un roce de mariposa a través del grosor del jersey. Tuvo que esforzarse por contener el deseo que sentía para no atemorizarla. Después podría dar rienda suelta a su pasión.

Sin embargo, aquella determinación se desmoronó en cuanto notó los labios de Lily en su cuello...

Ella emitió un sonido suave cuando Dmitri la besó y, al mismo tiempo, le rodeó la cintura con los brazos para ceñirla contra su cuerpo. Ella separó los labios para que el beso se convirtiera en algo más profundo. Necesitaba estar tan cerca de él como fuera posible.

Lily tenía las mejillas sonrojadas y los labios hinchados, y sentía un cosquilleo en los pechos, un calor ardiente entre los muslos. Dmitri interrumpió el beso, la tomó en brazos y la llevó hasta la enorme cama, donde la depositó, entre blandos cojines. Después, lentamente, él se irguió junto a la cama, sin dejar de mirarla a los ojos, y se quitó la chaqueta de ante, dejándola caer al suelo.

Acto seguido, se liberó del jersey, y dejó a la vista su desnudez, los músculos de su pecho y su estómago, y la fuerza de sus hombros y brazos. Tenía la piel bronceada, y una ligera capa de vello suave y sedoso en el pecho. Se desabrochó el pantalón y, después de descalzarse, se lo quitó. Quedó cubierto, tan solo, por unos calzoncillos negros que no conseguían disimular su erección.

Dmitri siguió mirándola mientras se quitaba aquella última prenda, bajándosela por los muslos. Ella jadeó cuando vio su cuerpo completamente desnudo.

Lily se acercó al borde del colchón, a gatas, sin poder contener el impulso de saborearlo, mientras lo sujetaba con delicadeza.

–Dios mío... –murmuró él.

Sin que pudiera evitarlo, un gruñido de placer se le escapó de entre los labios, y entrelazó las manos en su pelo para sujetarla tan cerca de su cuerpo como fuera posible, y que ella pudiera tomarlo completamente en la boca.

Dmitri creyó que iba a explotar con aquellas caricias. La sangre le ardió en las venas. Sin poder contenerse, se movió hacia detrás y hacia delante, rítmica y suavemente, y agarró el pelo de Lily para atraerla aún más.

Apretó los dientes al sentir aquel placer inimaginable que ella le estaba proporcionando. ¡Era casi insoportable!

–Basta, Lily. Basta... –musitó, mientras se apartaba suavemente de ella–. Si seguimos un minuto más... no, un segundo más, las cosas van a terminar antes de haber empezado –le explicó, a modo de disculpa, al ver que ella lo miraba con desilusión–. Y yo todavía no he probado ninguna de las delicias de tu cuerpo –añadió, mientras la colocaba de rodillas.

Entonces, le quitó la chaqueta roja y, con los labios posados en su garganta, bajó lentamente la cremallera del vestido negro por su espalda. Le bajó las mangas por los brazos y dejó que se le deslizara por la delicada cintura.

¡Y se dio cuenta de que ella no llevaba sujetador!

Tenía unos pechos pequeños y respingones, y unos pezones rosados que ya se le habían endurecido y que pedían a gritos que se los besara.

Dmitri bajó la cabeza y tomó cada uno de ellos entre los labios, y su placer aumentó al oír los suspiros de Lily. Ella le sujetó la nuca para estrecharlo contra sí, y arqueó el cuerpo. Él cubrió uno de sus pechos con la mano mientras acariciaba y succionaba el otro con la boca. Los pequeños jadeos de Lily le indicaban que le estaba proporcionando placer. ¡Y él quería proporcionárselo!

Pero no era suficiente. Quería saborearla entera. ¡Necesitaba saborearla por completo!

Lily no ofreció resistencia cuando Dmitri la despojó por entero del vestido y la tendió sobre la colcha sedosa para quitarle la ropa interior y los zapatos.

–¡Eres bellísima, Lily! –exclamó él, con la voz entrecortada, al arrodillarse a su lado, devorando su desnudez con una mirada ardiente–. Eres tan perfecta como las esculturas de Bernini.

Lily no lo creía; había visto la perfección de aquellas figuras en las guías sobre Roma que había consultado antes de su viaje. Sin embargo, si Dmitri pensaba eso, ¿quién era ella para contradecirle?

Además, no habría podido hacerlo, porque se quedó sin habla cuando él le separó las piernas, se inclinó entre sus rodillas y bajó la cabeza.

El primer roce dulce de su lengua le provocó a Lily un placer que explotó por todo su cuerpo. Dmitri no le concedió ni un segundo; siguió acariciándola y le proporcionó un segundo clímax, tan intenso que ella estuvo a punto de sollozar. Él siguió llevándola al éxtasis con los labios y la lengua, y sus dedos hábiles, hasta que ella perdió la noción del tiempo.

Entonces, Dmitri entró suavemente en su cuerpo y comenzó a moverse, con lentitud al principio. Después, fue incrementando el ritmo, murmurándole palabras en italiano contra la garganta, besándola y acariciándola, llevándola hasta otro orgasmo. En aquella ocasión, Lily tuvo la sensación de que el placer surgía de lo más profundo de su ser, y se aferró ciegamente a los hombros de Dmitri mientras llegaban al pico más alto del placer.

Dmitri se despertó lenta, plácidamente, percibiendo la luz del sol invernal que entraba por las ventanas. Estaba tendido junto a Lily, abrazado a ella, que seguía durmiendo. Su pelo era como una cortina de seda color platino sobre su piel. Él tenía uno de los brazos alrededor de su cintura, y con la otra mano cubría uno de sus pechos. Su erección matinal estaba apoyada contra la curva de la nalga de Lily.

Lily.

La bellísima Lily.

Nunca había tenido una amante tan receptiva y tan generosa.

Pese a que la había despertado de madrugada para hacer el amor por segunda vez, Dmitri sabía que la deseaba de nuevo. En aquel mismo instante.

Y, como si fuera consciente de su necesidad, ella despertó y se movió entre sus brazos. A él se le cortó la respiración al notar que separaba las piernas de manera seductora para permitirle entrar en su cuerpo centímetro a centímetro. Con movimientos lánguidos, calmados, llegaron de nuevo al clímax.

Para Dmitri era difícil saber qué había sido más satisfactorio, si las relaciones salvajes y apasionadas de la noche anterior, o el dulce encuentro de aquella mañana. Ambos habían sido únicos y excitantes, de un modo que él nunca hubiera imaginado.

–Siento recordarte cosas mundanas, Dmitri –dijo ella, con una suave risa que reverberó en su pecho–, pero necesito ir al baño.

Él la besó despacio, sonriendo mientras se retiraba de su cuerpo y se tendía sobre el colchón.

–Muy bien, mientras tú estás en el baño, yo voy a bajar a la cocina a hacer el desayuno para que podamos tomárnoslo juntos en la cama.

–Nadie me ha traído nunca el desayuno a la cama –murmuró Lily, mientras se apoyaba en los codos para mirarlo soñadoramente. Todavía no podía creer que estuviera allí con aquel hombre tan increíblemente atractivo. Y se sentía más saciada y satisfecha de lo que nunca hubiera pensado.

Sin embargo, también sintió un poco de timidez al pensar en la intimidad que habían compartido, en cómo había acariciado y besado el cuerpo de Dmitri, y en cómo la había correspondido él.

Dmitri le acarició la sien para apartarle un mechón de pelo.

–A todas las mujeres deberían llevarles el desayuno a la cama la mañana de Navidad, *cara.*

¡Oh, Dios santo! ¡Era Navidad! Lo había olvidado por completo.

–No tengo ningún regalo para ti –le dijo, con consternación.

–Ni yo tampoco –respondió él, riéndose–. Pero creo que se nos ocurrirán ciertos regalos que podemos hacernos el uno al otro cuando hayamos recuperado fuerzas con el desayuno, ¿ummm?

Lily se concentró en el increíble hecho de que se hubieran conocido hacía solo dos días. Verdaderamente, la primera vez que habían hablado, ella no habría pensado nunca que terminarían acostándose juntos.

Dmitri le dio un beso.

–Y después, mucho, mucho después –le dijo, en

voz baja–, podemos hablar de lo que queremos hacer con el resto del día.

A Lily se le cortó la respiración al oír aquello. ¿Acaso se había equivocado, y para él aquello no era solo una aventura de una noche? Era evidente que él también quería pasar el resto del día con ella...

Sus siguientes palabras terminaron de confirmárselo.

–Hoy será solo para ti y para mí, *cara* –dijo Dmitri, y le mordió suavemente el lóbulo de la oreja. Al ver que ella se arqueaba de placer, se rio de nuevo–. Una fiesta para satisfacer todos nuestros sentidos.

–Eso suena... maravilloso –dijo ella.

–Oh, va a ser maravilloso, no lo dudes –respondió él.

Volvió a besarla y apartó la manta para levantarse de la cama, sin preocuparse por su desnudez, y caminó suavemente por la alfombra hacia la puerta del dormitorio.

Lily se tendió en la cama, completamente relajada, para admirar el contorno de su espalda y de sus nalgas.

¿Era posible que un hombre tuviera un trasero tan magnífico que dieran ganas de morderlo? ¡Eso era exactamente lo que ella quería hacer!

Más tarde. Más tarde, podría hacer lo que quisiera.

Se estiró cuando él salió de la habitación, y se abandonó a los recuerdos sensuales de aquella noche, mientras sentía dolor en partes del cuerpo que no sabía que pudieran doler. Eran lugares placenteros, escondidos, que habían conocido las caricias de las manos y los labios de Dmitri, caricias que hacían que se ruborizara. ¡Y que se excitara, al pensar en que él pudiera repetirlas!

Fue el sonido del teléfono, en algún lugar lejano del palacio, lo que finalmente le recordó que él iba a volver pronto y que todavía no había ido al baño.

Ya tendría tiempo de perderse en más fantasías, más tarde...

Dmitri no había llegado aún cuando Lily salió del baño, después de tomar una rápida ducha y lavarse los dientes. La bata de seda negra que había encontrado detrás de la puerta era, obviamente, de Dmitri; al ponérsela, el bajo de la prenda le quedó por los tobillos, y tuvo que darle tres vueltas a las mangas antes de atarse el cinturón.

Tal vez no fuera glamuroso, pero sí era sexy. La tela sedosa le rozaba los pechos sensibilizados y los muslos de manera muy parecida a como Dmitri le había acariciado con los labios y los dedos.

Se acercó a la ventana para admirar las vistas. Para ella, Roma siempre sería la ciudad más romántica del mundo. La ciudad en la que se había enamorado...

Se giró al oír el sonido de la puerta, y sonrió con picardía al ver que él no llevaba la bandeja del desayuno.

–¿Acaso has decidido que el desayuno puede esperar...?

Interrumpió la broma de repente, y la sonrisa se le borró de los labios, al ver la expresión sombría de Dmitri.

Tenía la mandíbula y los labios apretados, y los ojos le brillaban y destacaban en la palidez de su cara. Ignoró por completo la presencia de Lily en la habitación y, rápidamente, se puso la ropa interior, unos pantalones vaqueros y un jersey negro que sacó de una de las baldas del armario.

–¿Dmitri? –preguntó Lily, alarmada, mientras atravesaba la habitación con recelo–. Dmitri, ¿sucede algo?

Él se giró hacia ella con brusquedad, y Lily se consternó al ver la ira reflejada en sus ojos.

–¡Por supuesto que sucede algo! –exclamó él, de manera cortante.

A Lily se le escapó un jadeo, y retrocedió un par de pasos, al notar su completo disgusto.

¡Oh, Dios santo! ¿Podía ser que Dmitri hubiera bajado las escaleras y, mientras estaba a solas, se hubiera dado cuenta de con quién se había acostado aquella noche?

Y se hubiera arrepentido por completo...

Capítulo 11

DMITRI entrecerró los ojos al ver la expresión de angustia de Lily.

–¿Es que pensabas que la situación iba a agradarme, o qué? –le preguntó, furiosamente.

Ella abrió unos ojos como platos.

–Yo... Bueno, no. Tal vez no, exactamente, pero...

–No hay peros que valgan, Lily –dijo Dmitri.

Comenzó a pasearse de un lado a otro de la habitación como si fuera un león enjaulado. Necesitaba salir de allí. Necesitaba alejarse de Lily, que estaba tan atractiva y seductora con su bata negra de seda. Y de los recuerdos que le provocaban las sábanas revueltas de la cama.

–Voy a la cocina a esperar a que te vistas. Por favor, cuando termines, baja para que hablemos de esto allí –le dijo, fríamente.

–¿Hablar de esto? –preguntó ella, agitando la cabeza frenéticamente–. Oh, no, Dmitri. No quiero sentarme contigo para hablar de... ¡de lo que ha pasado!

Él entrecerró los ojos.

–¿Porque nuestras opiniones son radicalmente opuestas?

Lily tragó saliva.

–Sí, sin duda alguna –dijo, débilmente, mientras se preguntaba si el dolor que sentía en el pecho era a causa de sus dificultades para respirar o a causa de que se le estaba rompiendo el corazón en mil pedazos.

Porque, durante la breve ausencia de Dmitri, se había dado cuenta de que no era solo de Roma de lo que se había enamorado aquella noche, sino de que también amaba a Dmitri. Completa y irrevocablemente...

Y él la estaba mirando como si la noche anterior no fuera más que una terrible equivocación, un error del que estaba profundamente arrepentido.

Lily apartó la mirada. Ya no podía soportar más el desagrado de su mirada.

–Creo que lo mejor es que me vista y me marche directamente al hotel.

–Donde, sin duda, pedirás una botella de champán para brindar por la feliz pareja –dijo él, en tono de acusación.

Lily se giró hacia él lentamente.

–Perdona, pero no te entiendo.

Dmitri soltó un resoplido.

–¡Estoy seguro de que Felix te ha explicado muy bien la situación, encantado!

–¿Felix? –preguntó ella, con el ceño fruncido–. Pero...

–No estoy de humor para jueguecitos, Lily –le dijo Dmitri–. Claudia me ha dicho que Felix te estaba telefoneando mientras ella hablaba conmigo. Pensé que era mejor no decirle que, en ese preciso instante, tú estabas en mi habitación. Pero, por favor, no intentes hacerme creer que no sabes de qué estoy hablando.

–No lo sé –dijo Lily–. He oído el teléfono sonar abajo hace un rato, pero... ¿Era Claudia?

–Oh, sí, era Claudia –respondió él, con los dientes apretados.

Lily intentó tragar saliva. De repente, se le había secado la garganta.

–Me he duchado mientras tú estabas en la cocina –dijo, agitando la cabeza–. No he tenido noticias de Felix desde que salí de Londres, aparte del mensaje que me dejó en el contestador hace dos días, pidiéndome que no viniera a Roma.

¡Algo que Lily lamentaba no haber hecho!

Si no hubiera ido a Roma, no habría conocido a Dmitri, y nunca se habría enamorado de él.

Él se quedó inmóvil, mirándola fijamente.

–¿Es eso cierto? –le preguntó.

–Yo no miento, Dmitri –replicó ella con tirantez–. Tal vez Felix haya intentado llamarme, pero todavía no sabe que yo no oí su mensaje, y que sí vine a Roma, así que no creo que lo haya conseguido –dijo. Sacó su teléfono móvil del bolso y comprobó las llamadas recibidas–. Como pensaba. No tengo ninguna llamada perdida –afirmó, y le mostró la pantalla del teléfono a Dmitri para demostrarle que no mentía.

–¡Demonios! –exclamó él.

–Sí, exacto –dijo Lily–. Y, como parece que tú sí sabes el motivo por el que Felix quería hablar conmigo, ¿te importaría ponerme al corriente?

Dmitri respiró profundamente.

–Como sospechábamos, Claudia y Felix tomaron otro vuelo al llegar a Milán. A Las Vegas, para ser exactos. Parece que se casaron ayer.

Lily ya se lo había imaginado antes de que Dmitri se lo contara. No sabía, exactamente, que se hubieran marchado a Las Vegas, pero sí estaba bastante segura de que ya se habrían casado. Sin embargo, al oír la confirmación de sus sospechas, se llevó tal impresión que tuvo que sentarse en la cama.

¡Claudia y Felix se habían casado!

Quizá la furia que sentía Dmitri en aquel momento no tuviera nada que ver con la noche que habían pasado juntos, pero ella no podía creer que su hermano pequeño fuera un hombre casado, el marido de otra mujer. Se sentía muy feliz por Felix, lógicamente, pero también tenía una sensación de pérdida, y era consciente de que su relación de hermanos mellizos estaba cambiando. Ya no eran Felix y Lily, sino Felix y Claudia, y la hermana de Felix, Lily.

Era algo... extraño. Necesitaría algo de tiempo para adaptarse a la nueva situación.

Sin embargo, por la expresión de ira de Dmitri, no parecía que él fuera a concedérselo.

Lily tomó aire.

–Tienes razón, Dmitri, Tal vez sea mejor que hablemos de todo esto abajo, en la cocina, cuando me haya vestido.

Él la miró con altivez.

–¡Sin duda, nuestra opinión al respecto será muy distinta! –insistió él.

Ella sonrió con tristeza.

Dmitri no le devolvió la sonrisa.

–No tardes. Obviamente, tengo que hacer bastantes llamadas telefónicas.

–La primera, a Francesco Giordano –murmuró ella.

Él se puso muy tenso.

–Creo que la comunicación con la familia Giordano puede esperar hasta que Claudia haya vuelto a Roma y yo tenga la ocasión de hablar con ella.

–¿Para intentar obligarla a que disuelva su matrimonio con Felix? –preguntó ella, furiosamente.

Él le lanzó una mirada fulminante.

–¿Es que no crees que es una pareja completamente desigual?

Ella exhaló un suspiro de cansancio mientras se ponía en pie.

–Seguro que mi opinión sobre el asunto no influirá nada en absoluto en lo que tú pienses o no pienses hacer.

–¡Por lo menos, estamos de acuerdo en algo! –le espetó Dmitri, y salió rápidamente de la habitación.

A Lily se le encogió el corazón en el pecho al verlo marchar. Sabía que aquella era la última vez que iban a estar de acuerdo en cualquier cosa...

Diez minutos después, Lily bajó a la cocina con el semblante serio y la cara muy pálida. El disgusto que sentía Dmitri por el matrimonio clandestino de su hermana no se había mitigado en absoluto.

Sin embargo, el hecho de que ella llevara de nuevo el vestido negro y la chaqueta roja de la noche anterior era un recordatorio de que habían pasado la noche juntos. Y aquella era una noche que él no iba a poder olvidar nunca.

Era la primera vez que pasaba toda la noche en la cama con una mujer. Y la primera vez que había querido pasar con ella todo el día siguiente. Pero eso ya no iba a ocurrir.

Apretó los labios.

–Se me ha olvidado preguntarte qué tal tienes la mano.

–Ya te he dicho que me curo rápidamente –respondió ella, encogiéndose de hombros, y le mostró la mano. Ya solo llevaba una tirita sobre el corte que se había hecho el día anterior, al romper la ventana de la cocina.

–¿Quieres tomar una taza de café mientras hablamos?

Lily lo miró recelosamente.

–No veo la necesidad de que hablemos de nada –dijo–. Claudia y Felix son mayores de edad y se han casado. Punto y final.

Aquello era el final de sus propios sueños de tener algún tipo de futuro con Dmitri. En aquel momento, parecía que él quería estrangular a cualquiera que tuviera algo que ver con Felix. ¡Ella era su hermana melliza, así que no tenía nada que hacer!

Él sonrió sin ganas.

–Seguro que Claudia y Felix piensan que esto es el principio, y no el final.

–Por supuesto. Es eso, exactamente.

Dmitri se puso furioso.

–No, si yo puedo hacer algo para evitarlo.

–No puedes –respondió Lily con firmeza.

Él apretó de nuevo los labios.

–No me subestimes, Lily. Como ya te he dicho, hasta que Claudia no cumpla veinticinco años, yo tengo el poder de desheredarla.

Lily frunció el ceño.

–¿Y es eso lo que vas a hacer?

–¿Cuánto tiempo crees que seguirá su flamante marido con ella cuando sepa que ya no va a ser la rica Claudia Scarletti?

–Creo que ahora es Claudia Barton –le corrigió ella–. Y tal vez eres tú el que estás subestimando a Felix, Dmitri. Por mucho que tú pienses lo contrario, yo no creo que mi hermano hubiera decidido casarse con ella si no estuviera completamente enamorado.

Él la miró con desdén.

–¡Qué romántica eres, Lily!

–¡Y qué cínico eres tú!

–Cualquier hombre en mi situación pensaría lo mismo...

–¿Y qué situación es esa? –inquirió Lily.

–¡Soy el hermano mayor de una chica joven y fácilmente impresionable, que ha sido seducida por un inglés sin un céntimo! –bramó Dmitri.

Lily sintió que la ira le enrojecía las mejillas.

–¡Da la casualidad de que ese «inglés sin un céntimo» es mi hermano!

–Sé muy bien quién es, Lily. Y lo que es –añadió él con frialdad.

Ella se quedó inmóvil.

–¿De veras? ¿Y qué es?

–Un oportunista, eso es lo que es –respondió Dmitri–. Nada más que...

–No me voy a quedar aquí a escuchar cómo insultas a mi hermano –dijo Lily, y se dio la vuelta.

–Tú te quedas aquí hasta que yo diga lo contrario.

–No, Dmitri, no –respondió ella con indignación–. Y, si tengo que romper otra ventana para salir de aquí, es lo que voy a hacer –le advirtió.

Dmitri respiró profundamente, intentando controlar el enfado que sentía. Miró a Lily y se dio cuenta de que la indignación que sentía y su forma de defender a su hermano calmaban un poco su propia furia. Suspiró, y dijo:

–No creo que recurriendo a los insultos vayamos a resolver este tema.

–¿No? –preguntó Lily–. ¡Pues eso es exactamente lo que has hecho tú!

–Te pido perdón, si te he ofendido.

Lily no estaba ofendida; estaba tan dolida que, si

no salía pronto de allí, iba a romper en sollozos. Y eso solo serviría para completar su humillación...

¿No era lo suficientemente malo haber pasado la noche haciendo el amor con aquel hombre, haberse enamorado de él, sin tener que oír cómo insultaba a su hermano y, por asociación, a ella también? ¡Por supuesto que sí!

–Guárdate tus disculpas, Dmitri, y déjame salir de aquí.

–No.

Ella se quedó boquiabierta al escuchar su negativa.

–¿Qué pretendes diciendo que no? –preguntó ella con desprecio–. ¿Acaso quieres mantenerme aquí prisionera, hasta que Felix vuelva con Claudia y puedas anular su matrimonio?

Él apretó los labios.

–Teniendo en cuenta que se casaron ayer, el día del cumpleaños de Claudia, seguro que es un poco tarde para conseguir la anulación.

Lily se estremeció al pensar en algo evidente: en que, si Claudia y Felix no se habían acostado antes de su matrimonio, ya lo habrían hecho a aquellas alturas.

–Entonces, ¿cuál es el plan, Dmitri? –preguntó ella con curiosidad–. ¿Vas a intentar comprar a Felix? ¿Y, si eso no funciona, seguirás con tu idea de desheredar a Claudia? Antes de que hagas algo demasiado inconsciente, te aconsejo que pienses en cómo va a reaccionar tu hermana para no dañar irremediablemente tu relación con ella.

–Para empezar, no voy a sentar precedente intentando comprar a un oportunista. Y, en segundo lugar, sé que Claudia va a sentirse... menos que contenta si yo me entrometo.

–Por lo que me has contado de tu hermana, me parece que eso es un eufemismo –respondió Lily, con incredulidad.

–Sin embargo, espero que, al final, entienda que he actuado así por su bien.

–¿Y si no lo entiende?

–Entonces, tendré la satisfacción de saber que he actuado por su bien.

–¿Y eso será suficiente para ti?

Dmitri asintió.

–Tendrá que serlo.

Lily suspiró.

–Lo único que puedo decirte es que, si Felix se atreviera a interferir de esa manera en mi vida, le mandaría al infierno, después de haberle dado un puñetazo en la nariz, por supuesto.

El infierno era el lugar en el que Dmitri se veía en aquel momento. Estaba entre la espada y la pared, pero no podía quedarse con los brazos cruzados y aceptar el apresurado matrimonio de su hermana con Felix Barton.

Y, en cuanto a su breve relación con Lily... En aquel momento, ella estaba tan enfadada que, seguramente, le daría un puñetazo a él si abordaba el tema de la noche que habían pasado juntos.

–Tendré en cuenta tu consejo.

–No era un consejo, Dmitri –replicó ella–. Si Claudia tiene la mitad del carácter que tú has descrito, lo mejor será que seas muy cuidadoso a la hora de gestionar tu oposición a su matrimonio.

Dmitri lo sabía bien, pero, en aquel momento, estaba demasiado aturdido como para pensar con lógica sobre todo aquello.

Ni en cómo debían proceder Lily y él a partir de

aquel momento. Si acaso debían proceder de algún modo...

–¿Cuáles son tus planes inmediatos?

–¿Mis planes inmediatos? Creo que ya te he dicho que voy a volver al hotel, y no a beber champán, como tú me has dicho antes, sino para pagar la cuenta y buscar un sitio más barato hasta que pueda conseguir un vuelo de vuelta a Inglaterra.

Dmitri se puso muy rígido.

–Yo te he dicho que iba a pagar tu estancia...

–Y ahora, yo te digo que en estas circunstancias no puedo permitir que lo hagas –le cortó ella, firmemente.

Dmitri le clavó una mirada punzante.

–¿Y qué circunstancias son esas?

Ella lo miró sin amedrentarse.

–¿De verdad necesitas que te lo explique?

No. En realidad, no necesitaba ninguna explicación. Por su expresión de ira, Dmitri sabía que, al dejar el hotel, ella estaba rechazando cualquier otra ayuda por su parte, y eso era una clara indicación de que no quería tener nada que ver más con él, después de haber tenido que escuchar cómo el hombre con quien acababa de pasar la noche insultaba a su hermano de la peor forma posible...

Sin embargo, Claudia era su hermana, su adorada hermana, a la que había cuidado desde que tenía seis años. ¿Qué otra cosa podía hacer, salvo intentar sacarla del tremendo embrollo en el que se había metido?

¿Estaba dispuesto a hacerlo, aunque eso pusiera en peligro su relación con Claudia?

¡Sí!

¿Y aunque eso terminara con cualquier posibilidad de seguir viéndose con Lily en el futuro?

De todos modos, lo que hubiera entre Lily y él ya había terminado; Dmitri se dio cuenta al ver la expresión de desagrado con la que ella lo estaba mirando.

–Te llevo al hotel...

–No, muchas gracias –dijo ella–. Prefiero tomar un taxi.

–Eso no es nada práctico...

–Pero es necesario.

–Me refería al hecho de que no vas a encontrar muchos taxis de servicio el día de Navidad en Roma –le explicó él.

Dios santo, era Navidad, pensó Lily; de nuevo, lo había olvidado. Rápidamente, se estaba convirtiendo en una de las peores Navidades de su vida. Y pensar que la noche anterior, y aquella misma mañana, había pensado que era la mejor...

Qué diferencia podía causar una sola llamada de teléfono, aunque esa llamada fuera para transmitir una buena noticia, y no una mala.

Sin embargo, Dmitri había dejado bien claro que nunca aceptaría el matrimonio de Claudia y de Felix. Y que nunca vería a Lily como nada más que la hermana de Felix...

–Entonces, iré dando un paseo –anunció–. Está muy cerca, y me vendrá bien tomar el aire.

Dmitri exhaló un suspiro de exasperación.

–Claudia y Felix tienen pensado volver a Italia dentro de pocos días.

–Sí, me lo imaginaba.

–Entonces, ¿no vas a quedarte en Roma hasta que vuelvan?

Lily lo había pensado; no había pensado en otra cosa mientras se vestía rápidamente antes de bajar a la cocina. Si hubiera pensado en la noche que acababa de pasar, en brazos de Dmitri, se habría echado a llorar, y quería reservar aquellas lágrimas hasta que estuviera a solas en su habitación del hotel.

Por eso, se había concentrado en Felix, y en lo que ella misma iba a hacer después.

Incluso cuando eran niños, Lily siempre había sido la hermana responsable, la que siempre defendía a Felix y lo sacaba de todos los líos. Y aquella responsabilidad había aumentado al morir sus padres. Sin embargo, aquella boda con Claudia Scarletti era algo mucho más grande que todo aquello; Felix se había convertido en un hombre casado, con todas las responsabilidades que conllevaba un matrimonio. Había llegado el momento de que ella se mantuviera aparte y permitiera que Felix se hiciera cargo por sí mismo de aquellas responsabilidades.

Además, estaba completamente segura de que Felix no iba a ganarse el respeto ni la aprobación de Dmitri si se escondía detrás de la falda de su hermana mayor.

Así pues, ella le daría a Felix su apoyo cuando hablara con él, pero, aparte de eso, había decidido que iba a dejar que él mismo arreglara sus asuntos a partir de entonces.

Lily se encogió de hombros.

–Creo que lo mejor será que vuelva a Inglaterra en el primer vuelo disponible.

Dmitri frunció el ceño al oír su respuesta, aunque sabía que era inevitable que ella se marchara de Italia en algún momento.

Ya se habían dicho todo lo que tenían que decirse, y solo quedaba despedirse...

–Por supuesto, esa es tu elección –le dijo él, con tirantez.

–Por supuesto –respondió ella secamente–. Gracias por ayudar a que mi estancia en Roma haya sido tan... interesante.

Dmitri la observó un instante.

–Es absurdo que nos despidamos de un modo tan desagradable...

–Absurdo, pero necesario –repitió ella.

Ya había soportado suficiente dolor para toda la mañana. ¡Para toda la vida, en realidad! Seguramente, eso era lo que iba a tardar en olvidar su amor por Dmitri.

–Por favor, ábreme la puerta de la finca para que pueda salir.

–Lily...

–¿Podrías abrirme, Dmitri? –insistió Lily, con los ojos encendidos de furia.

Entonces, él tomó aire profundamente.

–¿Te das cuenta de que, si no consigo convencer a Claudia de que su matrimonio con Felix es completamente inadecuado, nos vamos a ver muy pronto, posiblemente en el bautizo de su primer hijo?

Lily sonrió sin ganas.

–Eso, suponiendo que Claudia te hable para entonces.

–Lo cual es mucho suponer, por mi parte –reconoció Dmitri.

Para Lily, el hecho de que aceptara que eso podía suceder era un paso en la buena dirección. Estaba segura de que lo último que podía querer Felix era provocar la separación entre Claudia y su hermano.

En cuanto a la posibilidad de que Dmitri y ella volvieran a verse...

Solo la idea de que él se comportara con ella como si fuera una extraña, como si no se conocieran y no hubieran pasado una noche haciendo el amor, era suficiente para hacerle un nudo en el estómago.

–Ya nos enfrentaremos a eso si llega a suceder –le dijo–. En este momento, lo más importante para mí es volver al hotel y dejarte a solas para que puedas pulir tu plan maquiavélico de separar a Felix y a Claudia cuando vuelvan a Roma.

Dmitri frunció el ceño al oír aquella descripción.

–Haces que parezca un monstruo, cuando lo único que quiero es proteger a mi hermana pequeña.

–Una hermana que, obviamente, ya no piensa que necesite tu protección –observó Lily–. Y, de veras, no creo que sea mi opinión sobre ti lo que debería preocuparte en este momento.

Seguramente, no, pero Dmitri no quería que Lily se marchara del palacio, que se marchara de Italia, pensando tan mal de él.

–No hay ningún motivo por el que no pueda seguir enseñándote Roma durante el resto de tu estancia.

–Y ahora, ¿quién está siendo absurdo? –preguntó Lily, mirándolo con incredulidad.

–No sé por qué no podemos comportarnos de un modo civilizado el uno con el otro, por lo menos –dijo él.

–Entonces, ¡debes de ser tremendamente insensible! –le espetó ella–. No te creo –continuó–. Aquí estoy yo, tratando de salir del palacio con algo de dignidad, y tú, sugiriendo que vayamos a ver monumentos juntos –dijo, y se pasó la mano agitadamente por el pelo.

–No veo ningún motivo por el que tu dignidad, o la mía, tienen que verse afectadas por lo que ocurrió anoche.

–¡Tal vez esa sea la razón por la que necesito salir de aquí!

–No hemos hecho nada de lo que tengamos que avergonzarnos.

–Yo no estoy avergonzada. Solo me siento mortificada por todo este embarazoso asunto. Y, ahora, si no quieres que me abra camino a patadas, te sugiero que me dejes salir de una vez.

Lily lo miró una vez más, antes de salir de la cocina, y continuó caminando por el pasillo hacia la puerta del palacio. Después, salió al patio y cerró.

Dmitri se sintió entumecido mientras iba hacia el panel de seguridad que había en la pared de la cocina. Marcó el código de apertura de la cancela exterior rápidamente. Lily era muy capaz de emprenderla a patadas con la puerta si se la encontraba cerrada al llegar, y él no quería que volviera a hacerse daño.

Tal y como le había hecho daño él, con sus respuestas sobre el matrimonio de Felix y Claudia.

Por una vez en su vida, Dmitri no sabía qué pensar sobre aquel asunto, ni tampoco sobre lo que había ocurrido la noche anterior entre Lily y él. Aquel «embarazoso asunto», tal y como ella lo había llamado.

Tampoco había sentido nunca tanta soledad como cuando la vio salir completamente de su vida...

Capítulo 12

Londres, dos semanas más tarde

–¿Lily?

Era tarde, casi las seis, y Lily iba bien envuelta en su grueso abrigo negro para protegerse del frío de enero. Acababa de salir del trabajo, e iba rápidamente hacia el coche. Al oír su nombre, pronunciado por una voz grave y familiar, se detuvo en seco.

Se giró con aprensión y miró hacia un coche que estaba aparcado a unos cuantos metros de distancia. Al ver una figura alta que se separaba de aquel coche, se le cortó la respiración. Era una figura oscura y amenazante que, pese a la voz, podía ser la de Dmitri o no.

Lily se había imaginado que lo veía muchas veces durante aquellas dos semanas. Varias veces, por las abarrotadas calles de Londres. Una vez, junto a su edificio. Otra vez, fuera del colegio. Y otra vez, ¡en el supermercado! Y, en todas aquellas ocasiones, habían resultado ser hombres altos y morenos, y nada parecidos a Dmitri cuando conseguía ver sus caras.

Sin embargo, en aquella ocasión, había oído su voz...

–¿Quién es? –preguntó con cautela.

Había sido la última en salir del colegio. Tenía una noche larga y solitaria por delante en su apartamento, así que no había ningún motivo para apresurar la vuelta a casa. Aquel hombre y ella estaban a solas en el aparcamiento de la escuela.

El hombre salió de entre las sombras de los árboles que había junto al coche.

–Solo han pasado dos semanas, Lily. ¿Ya te has olvidado de mí?

Al darse cuenta de que era Dmitri, exhaló un gran suspiro. ¡Solo él tenía el poder de conseguir que se le acelerara el corazón de aquella manera!

Lily había vuelto a Londres el día 27 de diciembre y, desde entonces, había empezado a preguntarse si su estancia en Italia, y Dmitri, habían sido partes de un sueño. Un sueño maravilloso y excitante, pero un sueño nada más.

Tragó saliva e irguió los hombros.

–¿Qué estás haciendo aquí, Dmitri?

Él se encogió de hombros.

–He venido a Londres por trabajo, y Claudia me dijo que sería agradable por mi parte que te saludara mientras estoy aquí –respondió él.

Claudia había pensado que sería agradable. No Dmitri.

Y, después de haber conocido a su cuñada, puesto que Felix y Claudia habían ido a Londres la semana anterior, expresamente para que ellas dos pudieran verse, no creía que la enérgica Claudia le hubiera hecho la sugerencia a su hermano con tanta suavidad como él había dado a entender.

Claudia era tal y como la habían descrito los dos hombres: bella, dulce e inocente, pero también decidida e implacable cuando se trataba de conseguir lo que quería. Lily le había tomado un gran afecto desde el primer momento. Y el hecho de que Claudia adorara a Felix hacía mucho por aumentar ese afecto.

Lily sonrió con tristeza.

–Bueno, pues ahora ya me has saludado y puedes volver a Italia con la conciencia tranquila –dijo–. Si me disculpas, hace mucho frío, y me gustaría irme a casa a comer algo caliente.

Dmitri se acercó a ella, devolviéndole la sonrisa.

–Si eso ha sido una invitación a cenar en tu apartamento, la acepto.

–Yo... Pe...pe...pero... ¡Los dos sabemos que no ha sido eso! –exclamó Lily con indignación.

Claro que él lo sabía. Era evidente, por la actitud defensiva de Lily, que no estaba muy contenta de volver a verlo. Lo cual era una pena, porque él estaba muy contento de volver a verla a ella...

Aunque no la viera muy bien, en aquel aparcamiento desierto y oscuro, con un abrigo negro hasta los tobillos y un gorro de lana que le cubría el pelo rubio. Sin embargo, oía la suavidad de su voz y percibía su perfume.

Dmitri se dio cuenta de que, pese a ir tan abrigada, Lily estaba temblando de frío.

–Puede que tengas razón, y lo mejor es que dejemos esta conversación para cuando estemos en tu casa.

–Yo tampoco he dicho nada de eso –protestó ella–. ¡Suéltame, Dmitri! –le ordenó, cuando él la tomó por el brazo para guiarla hacia su coche de alquiler.

Él arqueó las cejas.

–¿Es que prefieres que continuemos la conversación aquí, pasando frío?

–¡No quiero mantener ninguna conversación contigo! –exclamó ella–. Ya has cumplido con tu deber, Dmitri. Ahora, déjame...

–¡Esto no tiene nada que ver con el deber! –replicó él, mientras la tomaba por ambos brazos–. Sé que nos despedimos enfadados en Roma, pero ¿de verdad me odias tanto como para no soportar estar cerca de mí?

Lily se quedó mirándolo boquiabierta. ¿Odiarlo? No lo odiaba, lo quería tanto que no había podido pensar en otra cosa durante aquellas dos semanas. En el sonido grave de su voz, en su sonrisa, en sus movimientos y en sus manos. En la suavidad de sus labios y en su forma apasionada de hacer el amor...

¿Odiar a Dmitri? No, ella nunca podría odiarlo.

Sin embargo, no tenía intención de quedar como una tonta diciéndoselo. ¡Y, si se encerraban a solas en su apartamento, terminaría diciéndoselo!

–Esta conversación es una tontería –afirmó–. Una pérdida de tiempo. Ya nos dijimos en Roma todo lo que teníamos que decirnos.

Dmitri tomó aire profundamente al oír aquella acusación. Había revivido esa última conversación con Lily incontables veces y, cada vez, se había dado cuenta de lo mal que se había comportado con ella. En su defensa, podía alegar que estaba muy disgustado por la llamada de Claudia y la noticia de que se había casado apresuradamente, pero eso no era una excusa aceptable para su forma de hablarle a Lily, ni para despedirse de ella tan amargamente.

La miró fijamente en la oscuridad, aunque no podía distinguir bien la expresión de su cara.

–¿De verdad piensas eso, Lily?

–¿Tú no? –preguntó ella, defensivamente.

Si lo pensara, no estaría allí...

–¿Por qué no vas a ir a la boda religiosa de Claudia y Felix el sábado? ¿Es porque pasamos esa noche juntos?

Lily inspiró una bocanada de aire al oír aquel ataque tan directo.

¡Por supuesto que ese era el motivo! Aunque eso no era lo que le había dicho a Felix por teléfono. A su hermano le había contado que no podía salir de Inglaterra otra vez en aquel momento, porque acababan de empezar un trimestre nuevo en la escuela, después de las vacaciones de Navidad. Era una excusa débil que, por supuesto, Dmitri no se había creído en absoluto.

Ella alzó la barbilla.

–Como ya les expliqué a Claudia y a Felix, no puedo volver a Roma tan pronto después de empezar un nuevo trimestre en el colegio.

–¿Ni siquiera para asistir a la boda de tu hermano?

–No, ni siquiera para eso.

Aunque el hecho de no ir a la boda de Felix le iba a romper el corazón. Sin embargo, ver a Dmitri otra vez, verse obligada a ser amable con él por las convenciones sociales, como si entre ellos no hubiera ocurrido nada, podía ser algo insoportable.

No obstante, el hecho de que Dmitri estuviera allí en aquel momento anulaba todas aquellas consideraciones.

–Puede que lo piense mejor –dijo ella.

–Sí, sería muy sabio por tu parte.

Lily lo miró con escepticismo.

–¿Y a ti por qué te importa si yo voy o no voy a la boda, después de cómo reaccionaste al saber que se habían casado en Las Vegas?

Dmitri sonrió.

–Tengo que agradecerte a ti que me ayudaras a cambiar de opinión al respecto.

–¿A mí? ¿Y qué tengo yo que ver con eso?

Él exhaló un largo suspiro.

–Fue por nuestra última conversación. Hiciste que me diera cuenta de que, a causa de mi intransigencia, podía perder a Claudia para siempre.

–¿De veras?

–Sí –admitió él, sin rodeos–. Tanto que, cuando Felix y Claudia llegaron a Roma, yo ya había tenido tiempo de pensar bien en la situación y, aunque todavía tengo mis dudas, acepto que Claudia es mayor de edad y no puedo decidir su futuro.

–Ah –murmuró Lily, que se había calmado al oír su explicación.

Él volvió a sonreír.

–Y, por eso, les sugerí que celebraran la boda religiosa en Roma...

–¿Tú lo sugeriste?

–Sí. Los demás miembros de nuestra familia y los amigos necesitan esa prueba de su matrimonio, y yo también.

–¿Y la familia Giordano también? –preguntó Lily.

Dmitri se encogió de hombros.

–No están muy satisfechos, que digamos, con el matrimonio y con mis maquinaciones, pero al final se les pasará el enfado.

Ella no tenía ninguna duda de que se les pasaría, si el conde Scarletti tenía algo que decir al respecto.

–He decidido trasladar a Felix a mi oficina de Milán el mes que viene, para empezar a involucrarlo en la dirección de la Corporación Scarletti. Eso significa que Felix y Claudia se irán a vivir a Milán, pero el director de la oficina milanesa, Augusto, va a jubilarse a finales de año y, si Felix demuestra que es capaz de hacerse cargo de la gestión, ocupará su puesto.

–Vaya, ¡sí que has cambiado de opinión! –exclamó Lily, suavemente.

–Tal y como tú me dijiste, si no me adaptaba a las consecuencias, me arriesgaba a perder a Claudia para siempre. Elegí el menos de los dos males –dijo Dmitri con ironía.

–Ahora te pareces más al conde Scarletti que yo conocí –bromeó Lily.

–Pues sí –respondió él–. Bueno, ¿crees que ahora podemos ir a tu casa a charlar, y protegernos de este endemoniado frío?

Lily hubiera deseado verlo mejor, pero solo disponía de la luz mortecina de una de las farolas del aparcamiento. Parecía que Dmitri era sincero al decir que había aceptado el matrimonio de Felix y Claudia, y eso era una gran concesión por su parte. Así pues, Lily tomó una rápida decisión:

–Está bien –dijo, asintiendo–, pero no creo que ninguno de los dos debamos dejar aquí el coche, porque pueden robárnoslo, así que tendrás que seguirme.

–Encantado –dijo él.

Lily lo miró una última vez con cautela, y se dirigió a su coche. Durante varios segundos, se apoyó en el respaldo del asiento y respiró profundamente para asimilar que Dmitri estaba allí de verdad. Y que iba a ir a su apartamento con ella.

Y que había dicho que su presencia allí no tenía nada que ver con el deber...

–Bueno, ya hemos llegado –dijo Lily, nerviosamente.

Estaban en el centro de su pequeño salón, quince minutos más tarde. Dmitri se había quitado el abrigo. Llevaba un jersey negro y unos pantalones vaqueros que acentuaban la longitud de sus piernas. Era un atuendo informal que indicaba que no había ido a buscarla directamente desde una reunión de trabajo.

–¿Te apetece una copa de vino? –le preguntó ella–. No es tan bueno como los que tú tienes en el palacio, por supuesto, pero...

–Preferiría algo caliente, si no te importa –contestó él–. ¿Sabes el frío que he pasado esperándote tanto tiempo en el aparcamiento?

Lily abrió unos ojos como platos. ¡No se le había ocurrido pensarlo!

–¿Cuánto tiempo has estado esperando?

Él se encogió de hombros.

–Felix me dijo que normalmente sales a las cuatro y media, así que llegué a las cuatro y cuarto por precaución.

¿A las cuatro y cuarto? ¿Dmitri había estado esperándola más de una hora y media? Ciertamente, eso no parecía muy lógico por parte de un hombre que había ido a verla por cumplir con su deber...

–¿Y por qué no has entrado a buscarme?

–No sabía si querías volver a verme, y mucho menos en tu lugar de trabajo.

–¿Y por eso te has quedado esperando?

–Sí.

–¿Por qué?

Él la miró fijamente.

–¿Quieres que te dé una respuesta de cortesía, o que te diga la verdad?

Lily lo miró con curiosidad.

–No creo que ninguno de los dos hayamos sido excesivamente corteses el uno con el otro hasta este momento, ¿y tú?

–No –admitió él–. Pero tal vez no sea demasiado tarde para intentarlo.

Lily no quería que él fuera cortés y amable con ella por una cuestión de buena educación. Después de todo, esa era una de las razones por las que no quería ir a la boda religiosa del sábado, en Roma. Aunque el motivo más importante era que estaba locamente enamorada de él.

Se humedeció los labios antes de responder.

–¿Es eso lo que quieres, Dmitri? ¿Que empecemos a ser educados el uno con el otro por el bien de Felix y Claudia?

¡No, eso no era en absoluto lo que él quería! Al estar allí con Lily, hablar con ella de nuevo, ver lo guapa que estaba con aquel jersey azul que hacía juego con sus ojos, al fijarse en cómo se le ceñían a las caderas los pantalones negros, Dmitri se daba cuenta perfectamente de que lo último que quería de ella era la cortesía, ni siquiera por el bien de Claudia y de Felix.

Apretó los puños, y le dijo con tirantez:

–Si es eso todo lo que puedes darme, sí, lo acepto.

Ella se quedó anonadada.

–¿Pero no es lo que verdaderamente quieres?

–No.

–Entonces, ¿qué es lo que quieres?

–¿Que qué quiero? –preguntó él, lentamente–. Todo. Lo quiero todo, Lily. Todo lo que tú eres, y todo lo que tengas que darme.

Lily abrió mucho los ojos, y cabeceó con desconcierto.

–¿Me estás diciendo que quieres que tengamos una aventura? ¿Que te gustaría poder quedarte aquí a pasar la noche, en mi apartamento, cada vez que vengas a Londres por negocios?

–¡No! –exclamó él, furiosamente–. No, demonios, eso no es lo que estoy diciendo. Al sugerir que yo fuera capaz de tratarte con tanta frivolidad, ensucias lo que siento por ti.

Lily se quedó paralizada.

–¿Lo que sientes por mí? –susurró.

–No sabes cuánto he deseado verte durante estas dos semanas, Lily. Cada día que he pasado sin ti ha sido un castigo. Estoy aquí porque no podía soportar no verte más. No he venido a Londres por trabajo, sino porque ansiaba verte. Y he venido hoy mismo porque Felix me dijo anoche que no ibas a ir a Italia para la boda, como yo esperaba.

Lily apenas podía respirar. No podía asimilar lo que le estaba diciendo Dmitri. Todo lo que significaba...

–Estoy enamorado de ti, Lily –dijo él–. Te adoro. Me gusta todo de ti: tu belleza, tu sentido del humor, tu fuerte personalidad y tu honradez –añadió, en un tono cada vez más suave–. Y hacer el amor contigo ha sido la experiencia más maravillosa y satisfactoria de mi vida. Despertarme a tu lado fue delicioso. Fue algo que no quería que terminara...

–Y, entonces, recibiste la llamada de Claudia...

–Sí, entonces recibí esa llamada y me comporté como un idiota arrogante –dijo Dmitri, cabeceando con disgusto–. Lily, estas dos semanas sin ti han conseguido que me diera cuenta de que quiero despertarme a tu lado todas las mañanas del resto de mi vida. Quiero que seas mi esposa.

–¡Dmitri! –exclamó ella, con los ojos llenos de lágrimas.

–Por favor, no llores –le rogó él, mientras le enjugaba las lágrimas con los dedos–. Solo quería decirte lo que siento por ti, no causarte vergüenza ni dolor –dijo él, y bajó los brazos–. Ahora, me marcho...

–¡Por supuesto que no! –le ordenó Lily.

Dmitri la miró con desconcierto. Con esperanza.

–¿No?

–¡No, claro que no! –repitió ella con firmeza–. ¡Yo también me he pasado estas dos semanas sufriendo por ti!

Él tragó saliva.

–¿De veras?

–Sí –dijo Lily, y se acercó a él, mirándolo fijamente a los ojos, para abrazarlo–. Yo me enamoré de ti en Roma, Dmitri –admitió–. ¡Me enamoré locamente de ti!

Él la miró con incredulidad.

–Pero...

–Espera, Dmitri –le dijo ella, y le puso un dedo sobre los labios para silenciarlo–. Tú eres el motivo por el que no iba a ir a la boda, pero solo porque te quiero tanto que no podía soportar verte de nuevo y que me trataras como a una conocida. Era demasiado doloroso para mí. Te quiero, Dmitri. ¡Te quiero!

–*Cara bella*! –dijo Dmitri, y la estrechó entre sus brazos, con una mirada de alegría que le iluminaba todo el rostro–. *Mia cara! Mia...!*

–En inglés, Dmitri –le suplicó ella–. Te prometo que aprenderé italiano muy pronto, pero, por el momento, no tengo ni idea de qué me estás diciendo.

Sus ojos se habían vuelto de un verde oscuro.

–Creo que prefiero demostrarte, en vez de decirte, lo que significas para mí.

Y Dmitri se lo demostró con minuciosidad, convincentemente. Hasta que Lily no tuvo ni la más mínima duda del amor que sentían el uno por el otro.

–¡Cásate conmigo, *cara*! –le pidió Dmitri, con la voz ronca, mucho tiempo después, mientras estaban uno en brazos del otro–. Cásate conmigo, Lily, y algún día podremos contarles a nuestros nietos la forma tan poco convencional en que nos conocimos.

Sus nietos...

–Oh, sí, Dmitri. ¡Sí! –dijo Lily, aceptando alegremente su proposición.

Ya no tenía ninguna duda de que su noche con el conde italiano iba a durar toda una vida.